행복한 철학자

행복한 철학자

우애령 글 엄유진 그림

하늘재

'행복한 철학자'란 말은 역설적이다. 세상의 모든 일에 관해 골똘히 생각해 보는 철학자들은 행복에 관한 여러 가지 학설을 내놓고 있지만, 그들 자신이 세속적인 의미에서 행복했던 것처럼 보이지는 않기 때문이다.

오스카 와일드가 쓴 『행복한 왕자』는 우리에게 여러 가지 질문을 던져 준다.

자기 몸에 붙어 있는 금과 보석을 불행한 사람들에게 다 나누어 줄 때까지 대신 날아 달라고 제비에게 부탁하는 왕자. 다른 사람들의 고통을 내려다보면서 온갖 보석으로 치장하고 혼자만 제대 위에 올라서 있던 왕자는 과연 행복했을까.

세상에 맞지 않는 몽상과 자존심 사이에서 방황하던 한 소년은 무언지 확실히 알지도 못했던 철학의 길에 입문한 후 그 한길에 오십 년 세월을 정진해 왔다.

새로운 세상에 대한 꿈과 기대와 불안으로 가슴을 조이며 노고산의 언덕을 걸어 올라갔던 소년은 이제 노인이 되어 그 언덕을 걸어 내려오고 있다.

나이 들어 만났던 세 마리의 오리에게 철학자가 보였던 유다른 애착은 오리에게 자신의 모습을 투영해 보았기 때문인지도 모른다.

훨훨 날지 못하는 오리를 바라보는 철학자의 심정에 안데스 하늘을 마음대로 날 수 있는 콘도르의 모습이 겹쳐졌던 것일까.

자네는 그렇게 아름다운 광경을 본 적이 있나?
나는 오리가 날 수 있다는 사실을 한동안 잊고 있었네.
오리도 날 수 있었던 거야!

「오리와 철학자」의 그림 속 철학자는 하늘을 보며 돌연한 깨달음을 얻고 있다. 발밑에 있는 오리, 머리에 올라앉은 오리는 이제 곧 하늘을 날게 될 것임을.
길 잃은 오리가 청둥오리가 되어 하늘을 날아가는 모습은 철학자의 꿈을 보여 주는 메타포일 것이다.

긴 세월을 무거운 가방을 들고 언덕길을 오르던 철학자, 이제 그는 오랫동안 가꾸어 놓은 소박한 은곡재로 돌아갈 준비를 하고 있다.
꿈을 접지 않아도 되는 그는 행복한 철학자이다.

2023년 10월
행복한 철학자 이야기를 다시 전하며
우애령

저는 10년 전 생명다양성재단을 만들고 이 책의 주인공 엄정식 선생님을 첫 이사장님으로 모셨습니다. 그 전에도 이런저런 공부모임을 함께 하며 선생님의 허물없는 인간관계와 천진난만한 품성을 잘 알고 있었기에 재단을 이끌 어른이 되어 주십사 청을 드린 것인데, 어느 날 귀갓길에 자칫 길바닥에서 생을 마감할 것 같은 새끼 오리 세 마리를 구출해 집으로 데려오는 모습을 보며 생명에 대한 깊은 사랑까지 갖춘 완벽한 리더였음을 알게 되었습니다.

이 책은 크산티페도 둘시네아도 아닌, 때로 티격태격하지만 한없이 속 깊은 '유쾌한 소설가' 아내가 선생님 퇴임에 즈음해 쓴 글들에 그림 그리는 따님이 툰을 가미해 한결 따뜻하고 훈훈하게 만든 책입니다.

그동안 곁에서 모시며 지켜본 선생님은 '행복한 철학자' 맞습니다. 그런데 그보다 먼저 선생님은 늘 곁에 있는 사람들을 훨씬 더 행복하게 해 주시는 분입니다. "자기도 모르고 남들도 모르는 이야기를 더 못 알아듣게 이야기하면서 생계를 유지해 가는 사람"이라고 묘사되었지만 선생님은 타고난 이야기꾼입니다. 복잡하게 뒤얽힌 현상들을 "~인 거 있죠? 그거 재밌데." 단 두어 마디로 함축해 들려주시는, 선생님은 탁월한 철학자 맞습니다.

나이가 들어도 여전히 소년 같은 어른 엄정식에 대한 정겨운 뒷담화에 책장을 덮지 못할 것입니다. 정말 재밌는 거 있죠?

최재천
(이화여대 에코과학부 석좌교수/ 생명다양성재단 이사장)

저는 2018년부터 인스타그램에 가족 이야기를 담은 일상툰인 『펀자이씨툰』을 연재하기 시작하였습니다. 일상 이야기를 풀어내는 과정에서 소설가 어머니와 철학자 아버지의 짤막하고 유쾌한 대화들이 사람들 간에 웃음으로 전해지면서 응원을 받았기에, 절판되었던 어머니의 에세이 『행복한 철학자』를 재출간하려는 용기를 내었습니다. 기존의 이야기에 『펀자이씨툰』 만화 에피소드들과 철학자의 편지, 그리고 삽화들을 가미한 개정증보판이 2023년 같은 제목으로 여러분께 인사드리게 되었습니다.

갑작스러운 부탁에도 애정을 담아 흔쾌히 추천사를 써 주신 최재천 생명다양성재단 이사장님, 가수 양희은 님과 인남식 교수님께 감사의 인사를 전합니다. 이 책을 낼 수 있게 전폭적으로 지지해 주신 하늘재 조현주 대표님, 『펀자이씨툰』 독자분들께도 감사드립니다.

책이 나오기를 목이 빠지게 기다리며 응원해 준 엄진우 오빠와 그림 부분의 영문 번역을 맡아 준 동생 엄성우에게도 고마움을 표합니다.

다시 세상에 나오게 된 이 책, 서로에게 가장 좋은 친구가 되어주는 어머니 아버지께 즐거운 선물이 되기를 바랍니다.

사랑하는 딸, 엄유진

9

초기에는 익명툰이었음에도 불구하고

속속들이 제보가 들어오기 시작했다.

너무 이르게
집안망신툰이 발각되고 만 것이다.

『행복한 철학자』는 2007년 소설가 우애령이
서강대학교 철학과 정년퇴임을 앞둔 부군 엄정식 교수와
독자들에게 선사한 에세이다.
2023년, 이 책은 일상을 넘어서는 사색적이고 서정적인 글과 그림으로 주목받았던
「오리와 철학자」의 작가 엄유진의 『펀자이씨툰』이 더해져 새롭게 탄생하였다.
유쾌한 소설가와 행복한 철학자의 딸인 작가는
길가에서 만난 오리들에게 "자네들을 만나게 되어 기쁘네"라고
인사 건네는 마음으로 세상과 만나고자 한다.
그리고 이제, '이야기와 마음공부'가 담긴 글로 사랑받는 소설가이자
지금도 많은 이들의 마음을 어루만져 주고 있는
심리상담가 우애령의 다른 순간들을 그리고자 한다.
"강가에 앉아 흘러가는 물소리를 듣듯
오랜 세월에 걸쳐 들어왔던 이야기"들을 세상 사람들에게 전하며,
외로운 이들의 손을 잡아 주는 우리들의 선생님, 우애령.
이 이야기로 우리들의 유쾌한 시간은 더 오래 계속될 것이다.

—편집자 이야기

몽상가를 위하여

...   오리와 철학자

우리 집 가장인 철학자가 어느 날 저녁 새끼 오리 세 마리를 사 들고
들어왔다.

　노란색과 검은색 털이 보스스하게 뒤섞인 채 눈도 잘 못 뜨는 오
리 세 마리는, 검은 비닐 봉투에서 꺼내 놓자마자 있는 힘을 다해 이리
저리 미끄러지고 넘어지며 달리기 시작했다. 오리들 관점에서 보자면
식립 보행하는 커다란 맹수의 소굴에 들어온 셈이니 이해할 만했다. 이
제 자기들이 죽는지 사는지 알 수 없는 지경에 이르렀으니 삶에 대해
그 정도의 최선을 보여 주는 태도는 나무랄 바가 없었다.

　이해가 안 가는 쪽은 오리 세 마리가 아니라 우리 철학자였다. 어
떤 할아버지가 다 낡은 바구니에 이 병아리만 한 오리 새끼들을 넣고
앉아 있는데 그대로 두었다가는 속절없이 하루를 넘기지 못하고 죽을
것 같아 보였다는 것이다.

　아파트에서 어떻게 오리를 기르느냐는 내 질문에 그는 의연하게

대답했다. 조금만 자라면 자기가 가끔 글 쓰러 내려가는 당진에 갖다 두면 된다는 것이었다.

이렇게 확고한 미래의 계획을 지니고 있을 때, 이 철학자를 설득시킬 방도는 거의 없다는 것을 익히 알기 때문에 일단 오리들을 잡아 상자에 넣어 두는 수밖에 없었다.

이럭저럭 며칠이 지나자 살아 있는 생물체가 서로 먹을 것을 나눠 먹기 시작하면 나타나는 현상이 일어났다. 식구들과 오리가 정이 들기 시작한 것이다.

철학자의 오리에 대한 애정은 파피루스에 기록해서 후세에 남길 만한 정도였다.

그가 오리를 귀여워하는 방법은 아주 독특했다. 서로 고개들을 죽지에 파묻고 한참 밤잠에 떨어진 놈들을 깨워서 하나씩 손바닥 위에 올려놓고 '내가 누군지 아느냐'고 묻는 것으로 교육이 시작되었다. 내가 바로 신촌 로터리에서 너희들을 구원해 준 존재라는 것이 교육의 골자였다. 가련하게도 학구열이 별로 높아 보이지 않는 오리는 그의 손을 벗어나려고 바둥거리다가 바닥에 내려놓으면 방향이 닿는 대로 냅다 도망가 버리기 예사였다.

오리들은 두 주일쯤 지나자 깃털에 반드르르하게 윤이 나고 먹을 것을 주면 고개를 까딱거리면서 몰려다니는 품이 아주 귀여웠다. 문제는 오리들이 아무 데나 원칙 없이 배설을 한다는 점이었다. 침실이며 거실이며 화장실이며, 이렇게 집 안을 용도별로 옹색하게 구분해 놓은 것이 오리들에게는 한낱 웃음거리에 불과한 모양이었다.

마침 우리 아파트가 작은 앞뜰을 사용할 수 있는 일 층이라 철학자는 오리 집을 만들기 시작했다. 모든 기하학과 물리학을 도입했음이 틀림없는 그 오리 집은, 있어야 할 자리로 옮기려는 순간 그대로 주저앉아 버렸다. 그는 잠시 낙담했지만 곧 다시 용기를 내서 사다리꼴의 나무판에 루핑 지붕을 얹어 정원에 비를 피할 거처를 만들어 주었다.

그리고 정원에 있는 커다란 함지박만 한 크기의 연못에 물을 가득 채우자 이 새끼 오리들은 거짓말처럼 동동 떠다니며 놀기 시작했다.

그는 말할 수 없이 기뻐했다. 내가 이 연못을 왜 만들었는지 몰랐었는데 이제 보니까 이 오리가 올 것에 예비하여 만들었다는 것이다. 자기 행동의 원인을 뒤늦게나마 알게 된 셈이니 기뻐할 만했다.

철학자는 깊은 사색에 잠겨 무심히 노니는 오리를 바라보다 돌연 깨달음을 얻어 오리에 관한 예찬이 가득 찬 글을 발표하기도 했다.

이런 경지에 이르자 철학자는 동료 철학자들과 즐겨 가던 음식점이 오리구이집인 것도 마음에 걸리는 듯했다. 이제는 오리고기를 먹기가 어쩐지 좀 이상하다는 것이다. 식인종이 인도주의자가 된 모습이라고 할 수 있겠다.

식인종의 인간 존중에 관한 이야기가 있다. 선교사를 솥에 넣고 불을 피우기 전에 추장이 근엄한 얼굴로 물었다는 것이다.

"이름이 무엇인가."

선교사는 당연히 항변했다.

"이 판에 이름은 알아서 무엇 하느냐."

추장은 대답했다.

"인권을 존중하는 뜻에서 이름을 넣은 메뉴를 작성하고자 한다…."

그러나 자신은 그런 메뉴를 작성하는 추장과 본질적으로 다르다는 것이 철학자의 응답이었다.

시간이 흐르면서 철학자의 의견이 조금씩 달라지기 시작했다. 오리가 이제 좀 커져서 밖에 있어도 안전하니까 시골에 데려가지 않아도 그런대로 괜찮을 것 같다는 새로운 학설을 조심스럽게 발표한 것이다.

나는 이웃과 철학자 사이에 끼여 곤란하기 짝이 없었다. 반상회에서 깔끔하고 단정한 이웃집 아주머니들이 의미 깊은 미소를 지으며 은근히 압력을 넣기 시작했기 때문이었다.

"호호호, 얼마나 재미있으시겠어요. 그런데 오리 때문인지 물것이 창문으로 더 들어오는 것 같아요. 아유, 이제 시끄러워서 못 기르실 텐데 섭섭하시겠어요."

이 사교적이고 부드러운 말투를 현실적으로 통역해 보자면 대강 이런 뜻 같았다.

'얼른 그 시끄럽고 지저분한 오리를 치우지 않으면 크게 후환이 있으리라.'

철학자는 그러나 펄쩍 뛰었다. 그 아주머니들이 우리가 오리들하고 오순도순 사는 게 너무 부러워서 그런다는 것이었다. 남편이 오리 같은 걸 안 사 오는 그 집 아주머니들이 너무 부럽더라는 이야기는 이 상황에서 하나 마나였다.

어쨌든 이 오리들은 주문하지 않아도 음식이 나오고 계산서도 따라 나오지 않으니 정말 행복해지기 시작한 모양이었다. 그런데 그만 이 행복이 그들을 낙원에서 내모는 계기가 되었다. 오리들은 글도 모르고 글을 쓸 도구도 없기 때문에 자기들의 행복을 아무 때나 소리 높여 꽉 꽉 노래 부르기 시작한 것이다.

우리하고 정원이 붙은 옆집 아파트에는 섬세한 신경을 지닌 의사가 살고 있다. 그가 새벽이나 밤에 오리 소리 때문에 잠을 설쳐야 할 이유는 어느 법전에서도 찾아볼 수 없다. 그는 아내에게 넌지시 귀띔을 했고 아내는 내게 인터폰을 울려 예의 바르게 그 이야기를 전했다.

우리 두 사람은 인터폰을 통해 남자들이 얼마나 말이 안 되는 주장을 펴는 성향이 있는가에 대해 사이좋게 의견들을 나누었다. 글쎄, 아파트에서 어떻게 오리를 기르겠다는 거예요. 기르기를…. 이건 내 소리였고, 글쎄 그 소리가 시끄럽다고 잠을 자지 못할 건 뭐예요. 나는 잠만 들면 지붕이 무너지는 소리가 나도 모르겠더구만…. 이건 그 아주머니 소리였다.

이러니 여자들을 국회로 보내라는 것이 아닌가. 상대방의 입장을 헤아리느라고 자기 입장은 시렁 위에 올려놓는, 얼마나 훌륭한 사람들인가.

은근히 협박을 섞어 이웃집 아주머니의 말을 전달하자 철학자의 반응은 간단했다. 그 사람들이 '뭘 몰라서' 그런다는 것이었다. 모르니? 꽉꽉거리고 우는 게 오리라는 걸 모른다는 말인가. 여기가 누구나 조용히 살 권리가 있는 아파트인 걸 모른다는 말인가. 한 가지는 모를 수도 있겠다. 이 오리를 기르는 아파트 주인이 철학자라는 사실 말이다.

일주일 후 경비원이 관리소에서 온 편지를 전운이 감도는 표정으로 전해 주었다. '공사다망하신 가운데…' 이렇게 시작되는 공문은 '아파트 내에서는 무엇, 무엇, 무엇을 할 수 없게 되어 있습니다. 부디 혜량하셔서 선처해 주시기 바랍니다'로 끝났다.

철학자는 편지를 보고 말했다. 오리를 기르지 말라는 말은 명문화되어 있지 않잖아. 그게 어떻게 명문화가 되는가. 이게 무슨 노아의

하지만 아파트에서 사자,
코끼리, 악어, 기린 등을 키우지
말라고 일일이 문서화할 수는
없지 않습니까.

방주냐. 그럼 아파트에서 코끼리나 하마, 기린, 악어, 공룡 이런 것들을
기르지 말라고 일일이 모든 동물들의 이름을 써 놓아야 하느냐. 그리
고 아무리 모든 재난에 대비가 된 관리소장이라도 아파트에 오리 세 마
리를 기르려고 드는 철학자가 이주해 올 줄이야 어떻게 알았겠느냐. 이
런 항변에도 불구하고 어쨌든 그 편지는 묵은 편지들을 넣어 두는 서
랍 속으로 들어갔다.

결정적인 순간은 어느 일요일 낮에 닥쳐왔다.
철학자가 뜰에서 오리 집을 손질하고 있는데 점잖은 목소리의 이
웃집 남자가 나무 울타리를 통해 말을 건넸다. 그는 차분한 어조로 자
기가 병원 일에 너무 시달리는데 오리 소리 때문에 잠을 설쳐서인지 이
즈음에 그렇게 피곤할 수 없다고, 지나가는 이야기처럼 말했다.
철학자는 깊은 생각과 갈등에 사로잡혔다.
이웃집 남자가 다녀간 후에야 그는 오리를 시골로 데리고 내려갈
결심을 했다.
주말에 그는 오리 세 마리를 넣은 상자를 싣고 차를 몰아 시골로
떠났다. 그 뒷모습이 쓸쓸했다.
이틀 후 가라앉은 목소리로 전화가 왔다. 오리 두 마리가 죽은 것
같다고 그는 말했다. 깜짝 놀라 무슨 소리냐고 하자, 낮에 숲 덤불로
나가 밤새도록 돌아오지 않는다고 했다. 마을 사람들 이야기로는 그렇
게 되면 살쾡이란 놈에게 물려 갔기 십상이라는 것이다. 한 마리만 남
았는데 어떻게 하지? 그는 간절한 어조로 물었다. 먹지도 않고 움직이

지도 않으려고 해. 도로 데리고 갈까? 나는 여기 와서도 혼자는 살기 어려울 텐데 그걸 어떻게 보겠느냐고 했다. 그는 꽤 한참 동안 침묵했다. 내가 그 근처에 오리를 기르는 집이 있으면 같이 길러 달라고 부탁하면 어떻겠냐고 하자, 그는 내키지 않는 어조로 그러마고 했다.

다음 날 철학자는 집에 돌아왔다. 마침 이장 집에서 오리를 몇 마리 기르고 있어서 그 집에 맡겼는데… 그는 말을 잇지 못했다. 텃세로 기세가 등등한 다른 오리들이 이 오리한테 달려와 마구 쪼아 대더라는 것이었다.

며칠 동안 철학자는 눈에 띄게 말이 없었다.

두 주일 후 시골에 다녀온 그에게 오리 안부를 물었다. 그는 오리가 잘 있다고 너무 믿고 싶어서 안부도 묻지 못하고 가 보지도 못했노라고 말했다.

내게 의지하고 있는 생명이 너무 가련하고 힘이 없을 때 그 사랑은 극치에 이른다는 어느 철학자의 말을 그는 생각하고 있었는지도 모른다.

나는 철학자에게 동화 같은 이야기를 들려주었다. 그 오리들이 어딘가에 잘 살고 있어서 이제 곧 청둥오리가 되어서 날아다니게 될 거라고… 그는 믿고 싶은 기색이었다. 동화나 신화가 어떻게 해서 탄생했는지 알 것 같은 심정이었다.

이제 철학자의 기억 속에 그 오리 세 마리는 청록색 깃을 빛내며 하늘을 날아 자유로운 곳을 향해 가는 그림으로 남았다.

... 철학자의 아내

얼마 전 어느 철학도로부터 프러포즈를 받은 후배가 어떻게 하면 좋겠
냐고 의논을 해 온 적이 있다.

나는 이미 철학자와 결혼해서 세 아이를 두고 있으니 나이도 적지
않은 이 후배가 어느 쪽에 호의적인 대답을 듣고 싶은가 하는 것은 미
루어 짐작할 수 있는 노릇이었다.

후배의 심정을 어느 정도는 알 수 있을 것 같았다. 결혼하기 전에
남편이 "우리는 개체(個體)가 다르되 이미 타자(他者)가 아닙니다"라는 논
문 같은 연애편지를 보내와 당혹스러웠던 기억이 떠올랐기 때문이었다.

옛날부터 사람들은 다른 별에서 온 사람을 대하듯 철학자에게 독
특한 호기심과 애정을 보이기도 하지만, 어렵고 복잡한 논리의 집만 짓
고 앉아 현실에 잘 적응하지 못하는 그들에게 연민과 비웃음을 보내기
도 해 왔다.

인간과 존재의 세계를 꿰뚫어 관통할 수 있는 원리를 찾고 있었던

그리스 철학자들의 기준으로 본다면 규격화된 삶의 틀을 따라가야 하는 현대 사회에서 철학자라고 불릴 수 있는 사람이 과연 있을까 하는 의문이 들기도 한다. 철학자라기보다는 철학을 전공하는 사람이라고 지칭해야 하지 않을까 싶기도 하다.

어쨌든 인류 역사를 통해 가장 첨예한 추상적 사고를 필요로 하는 철학은 오랜 시간 동안 남성의 전유물처럼 인식되어 왔다. 그 원인이 여성학자들이 주장하는 것처럼 구조적인 학습의 결과인지 성별 특성 때문인지는 논란의 여지가 있겠지만 별처럼 빛나는 여성 철학자들의 이야기를 철학사에서 찾아보기 쉽지 않은 것은 사실이다.

철학자들이 주로 남성이었다면 그 사람들의 훌륭한 아내들도 많았을 텐데 그런 이야기가 인구에 회자되는 경우도 별로 없다. 유감스럽게도 일반 사람들이 상상하는 철학자의 아내의 원형은 아마도 저 유명한 크산티페일 것이다. 청년들과 담론을 나누고 있는 소크라테스에게 잔소리 끝에 물을 끼얹었다는 크산티페의 이야기는 상당히 많은 사람들을 재미있게 해 주는 요소를 지니고 있다. 물세례를 맞은 소크라테스는 별로 탓하는 기색도 없이 청년들에게 천둥이 치면 비가 오기 마련이라고 이야기하고 옷을 툭툭 털고 그 자리를 떠났다는 것이 아닌가.

하기야 소크라테스의 아들도 어머니의 잔소리는 누구도 참기 어렵다고 실토하고 있고 다른 사람도 크산티페가 과거, 미래, 현재에 걸쳐 가장 시끄러운 여자일 것이라고 평했다는 것을 보면 그녀에 대한 악처론이 과장되어 있을지는 몰라도 전혀 사실무근만은 아닐지도 모른다.

그런데 여성을 비교적 열등하게 여겼던 그리스 사람들이 순종하

고 온순한 여성을 가장 이상적으로 보고 있었다는 점을 감안한다면 자기주장을 당당하게 내세우는 크산티페가 뒤집어쓴 악명은 조금쯤 억울한 것일 수도 있겠다. 그 당시 남성들과 대등하게 음악과 논리에 대한 이야기를 나누었다는 헤타이라들은 다행히도 남편이 없었던 덕분인지 시끄럽다기보다는 대단히 지적이고 그럴듯한 여성으로 묘사되고 있지 않은가.

완벽한 수사학자라고 칭송을 받았던 아스파시아 같은 뛰어난 헤타이라의 이야기를 일반화하기는 어렵겠지만 당대의 정치가, 철학자들이 기꺼이 대화 상대로 삼을 만한 지적인 헤타이라도 상당히 많았다고 한다. 하지만 젊고 아름다운 이성을 뒤쫓는 인간의 속성으로 미루어 볼 때 그들의 평가가 실상은 대화의 내용보다 신체적인 매력에 더 큰 빚을 지고 있지 않았을까 하는 의구심이 들기도 한다. 아무튼 어느 누구에게도 격의 없이 다가가 이야기를 나누었던 소크라테스가 기꺼이 헤타이라와 담소했다는 것은 즐거운 이야기다.

그러니 가족을 위해 빵과 생신을 구하러 동분서주하던 크산티페의 눈에 비친 소크라테스의 모습은 참으로 한심했을 것이다. 젊고 세속적인 크산티페가 바라본 소크라테스는 처자식에게 무관심한 채 아버지에게 전수받은 석공 일도 하지 않고 아무짝에도 쓸모없는 무익한 대화를 나누며 젊은 청년들과 건들거리고 있는 게으름뱅이였을 것이다.

그가 한 마리의 등에처럼 잠든 아테네 시민들을 깨우려고 물어뜯고 다니는 동안 크산티페는 자기 나름대로 그를 깨우려고 시끄럽게 들볶았을지도 모른다. 그러니 크산티페가 '너 자신을 알라'고 절규하

는 그를 보며 얼마나 제 주제에 맞는 소리인가 하고 분개했을 가능성도
적지는 않다. 역사에 알려진 인간 중에서 가장 아름답고 매력 있는 사
람들 중 하나였던 그가 아내로부터 그런 평가밖에 얻어내지 못한 것이
사실이라면 흥미 있는 이야기다.

　소크라테스는 아내의 관점을 바꾸어 보려고 대화를 시도한 일이
있었을까. 대화를 시도해 보고도 실패했다면 그가 그토록 명료하게 다
른 사람들과 나누었던 그 유명한 산파술*인가 무엇인가 하는 대화도
아내라는 벽에 부딪혀서는 무용지물이었음이 틀림없다. 아마도 그는

---

*산파술(産婆術): 산파가 산모의 출산을 도와주듯 스승이 학생 스스로 답을 찾아내도록 도와주는 문답식
대화법.

몇 마디의 문답을 나눈 후에 거위와 이야기하는 편이 차라리 낫겠다고 생각해서 더 이상 이야기를 나누기를 포기했을지도 모른다.

소크라테스는 아내에게 다정다감하고 상냥한 남편이었다고 한다. 그가 아내 때문에 철학적인 사고를 하는 데 지장을 받고 있다고 투덜대었다는 이야기는 어디에도 없다. 아내가 생활의 어려움 때문에 곧잘 바가지를 긁어 대었지만 그는 웃어넘겼다고 한다. 아내의 속마음이 착하다는 것을 알고 있었기 때문이었을 것이다. 그러고 보면 그녀가 악처라고 떠들어 댄 사람들은 그가 아니라 주위 사람들이었을 수도 있다.

소크라테스 자신이 크산티페 같은 사람과 잘 지낼 수 있으면 모든 사람과 잘 지낼 수 있는 덕을 지닐 수 있다고 말했다고 전해지는 걸 보면, 그에게 인간관계 훈련을 기초부터 시켜 준 크산티페의 공로는 어떻든 작은 것은 아닐 것이다. 하기야 크산티페에게 물어봤다면 저 영감과 잘 지낼 수 있으면 아테네의 제일 덜 떨어진 건달과도 잘 지낼 수 있을 것이라고 대답했을 수도 있겠다.

니체는 크산디페야말로 소크라테스가 필요로 했던 여성이며 그녀가 비록 의도하지는 않았다고 하더라도 그로 하여금 자신의 고유한 천직에 더욱더 매진하도록 기여했다고 주장한다. 그녀가 계속 질책을 퍼부어 평화롭지 못한 가정에서 그를 자주 떠나게 함으로써 아테네의 광장으로 내보내어 철학의 완성을 이루도록 했다는 것이다.

자, 그렇다면 철학자의 아내는 마땅히 악처가 되어 남편을 거리로 내모는 것이 큰 의무의 하나가 된 것으로 보이는데, 그리 나쁘지 않은 이야기다. 그런 일쯤이야 삼종지도를 지키거나 칠거지악에 걸리지 않으려고 몸을 사리고 숨도 못 쉬고 지내는 것보다야 훨씬 수월하겠기 때문이다.

얼마 전에는 세배를 하러 온 대학원 학생으로부터 덕담(?)까지 들은 적이 있다.

"부디 악처가 되어 주셔서 우리 선생님이 더욱 철학에 정진할 수 있게 해 주십시오"

그 학생은 그 후에도 가끔 전화를 걸어 선생님이 시골에 가 있다거나 한밤에도 학교에 남아 있다고 이야기하면 은근히 자신의 충고를 내가 받아들인 것으로 여기고 회심의 미소를 짓는 모양이다. 이런 여러 가지 징후들로 미루어 볼 때 아마 악처 노릇을 하고도 위대한 사상 탄생에 기여했다는 칭송을 들을 기회가 오는 것은 철학자의 아내들뿐이리라.

여기서 제기될 수 있는 질문은, 양처를 만나서 행복한 가운데 또 훌륭한 철학자가 될 수도 있는 가능성은 완전히 배제되는가 하는 점이다. 흔히 사람들은 만족한 돼지가 되는 것보다 배고픈 소크라테스가 되는 게 낫다는 이 얘기를 경구 삼아 하기도 하지만, 이즈음에도 그런 소망을 지닌 사람들이 존재하는지 미심쩍다.

어떤 사람들은 철학자들이란 정신세계를 고결하게 여겨서 그 귀한 보석을 담는 헌 포대 자루처럼 마지못해 육체를 끌고 다녀야만 한다고 믿기도 한다. 하지만 아무리 정신세계의 우위를 역설해도 인간은 최소한의 일용할 양식과 비를 피할 지붕이 필요한 약한 육신을 지닌 존재가 아닌가.

그러니 가족들의 정신을 담아 둘 육신을 보살피기 위해 고군분투하던 크산티페인들 어찌 하고 싶은 이야기가 없을 것인가. 그리스에서 여자의 지성을 인정하고, 좀 더 학문을 닦을 수 있는 기회를 여자들에게도 본격적으로 허용했더라면 크산티페도 실질적인 삶의 지혜와 인생관을 피력하며 많은 여성 추종자들을 만들어 낼 수 있었을지도 모른다. 그렇게 되었으면 그녀의 추종자들은 플라톤이 자기 스승을 위해서 했듯이 정성을 기울여 『크산티페의 변명』을 저술했을 것이다.

"아테네의 시민 여러분, 내게 주어진 악처라는 죄명은 사실 공정하지 않습니다."

이렇게 시작되었을 이 책은 현대에 이르러서 여성학의 고전이 되었으리라.

여러 가지 이야기를 나누다가 나는 그 후배에게 말했다.

아마도 사랑에 빠져 잠시 이성을 잃은 듯한 그 철학자가 제정신이 들기 전에 그와 결혼을 하는 것은 좋은 일일 것이다. 당신은 생긴 대로 살기만 하면 저절로 인류에 기여할 수 있게 된다. 양처가 되어 행복한 시민 하나를 더 세상에 보태든지(불행감에 빠져 지나가는 다른 운전자들에게 고래고래 악을 쓰며 자학하는 사람보다야 낫지 않은가), 아니면 시끄러운 악처가 되어 위대한 철학자 한 사람을 더 탄생시킬 수 있기 때문이다.

나는 한 가지 경고를 덧붙이는 것을 잊지는 않았다. 주의할 점이 있다면 남편이 악처에 시달려 철학자가 되기는 고사하고 노이로제 중상을 보여 신경정신과에 찾아가게 되는 경우인데, 이것은 신선한 생선을 잘 고르듯 튼튼한 신경을 지닌 철학자를 골라내는 당신의 안목에 의지하는 수밖에 없을 것이다.

운이 좋으면 달관한 철학자와 함께 살면서 덧없는 살림살이를 대강 해치워도 그가 물질적인 부분에 집착하지 않도록 도와준다는 대의명분 아래 그의 전공에 기여하는 바가 더 커질 수도 있겠다. 게다가 더 운이 좋을 양이면 철학하는 남편의 비현실성 때문에 빚쟁이에 쫓겨 숨어 있는 어두운 다락 속에서 인생의 의미와 자신의 존재에 대해 깊이 있는 질문을 던져 보다가 당신 스스로 불현듯 깨달음을 얻는 철학자가 될 수도 있을 것이다.

...   버려진 존재들과 철학자

사람들에게는 '천궁형'과 '자궁형'이 있다고 한다. 천궁형은 자기가 있는 장소를 최소한으로 단순화해서 그림이나 화분 한두 가지로 악센트를 주는 정도로 비워 두는 것을 선호하는 타입이다. 이와 반대로 '자궁형'은 자기 주위에 물건이 가득 차도록 배치해서 그 안에 들어앉아 있어야 비로소 아늑하고 안정된 기분이 드는 타입이다.

미국 영화에 나오는 집 안의 넓고 빈 공간과 유럽 영화에 나오는 꽉 찬 실내장식을 보면 쉽게 이해가 갈 것이다.

서로 다른 기질과 개성을 지닌 이들이 자기 취향이나 선호도에 따라 사는 것은 민주국가 국민의 특권일 것이다.

그러나 이 천궁형과 자궁형이 한 공간에서 부부나 동료 등의 이름으로 만나게 되는 경우는 실로 재난의 탄생이라고 하지 않을 수 없다.

우리 집 가장인 철학자는 타고난 자궁형으로 주위 사방에 무엇인가를 빼곡하게 들여놓아야 직성이 풀리는 성향이고, 나는 수도원의 방처럼 생활필수품만 제외하고선 공간을 비워 두는 것이 너무 좋은 천궁형이다.

두 사람의 다른 취향은 때로 갈등을 불러일으켰지만 그런대로 타협 끝에 어떤 수준의 결론에 도달하기는 했다. 대체로 이런 일은 철학자의 판정승으로 끝나게 되어 있다. 아무리 다른 곳에 치워 놓아도 잃은 자식을 찾는 데 비견할 만한 정성으로 그 물건을 수색해서 제자리에 다시 놓아두는 철학자를 이겨 내기가 어렵기 때문이다.

문제는 아파트 단지 곳곳에 쓸 수 있는 가구나 살아 있는 화분들을 쉽게 내어놓는 이웃들 때문에 일어난다. 추운 날씨에 밖에 놓여 있는 화분을 보면 철학자의 생명존중 사상이 마침내 서서히 그 고개를 드는 것이다. 이 밤이 지나면 영하의 날씨를 견디지 못해 그 나무들이 다 죽을 텐데 어떻게 그 화분들을 밖에 놓아두느냐고 주장하기 시작한다. 나는 식물도 그 지경에 이르면 안락사하기를 바랄지 모르고 우리가 세상의 버려진 화분을 다 보호할 수는 없다는 의견을 제시하지만, 일단 화분이 그의 눈에 띄면 온갖 반론은 필요가 없어진다.

겨울이 되면 앞 베란다에 죽었는지 살았는지, 혹은 철학적인 사유를 하고 있는 건지 판단하기 어려운 식물들이 일렬로 들어차는 이유가 여기에 있다.

식물들까지는 그런대로 그 생명의 존재 이유 때문이라고 해석해 볼 수도 있겠다.

언젠가 멀쩡한 가구를 경비원들이 도끼로 다 패서 장작으로 만들어 버리는 것을 본 다음부터 그는 내다 버린 가구들을 주워 모으는 새로운 사업을 시작했다. 누군가 요긴하게 쓸 수 있는 것을 이토록 잔인하게 버리는 것은 인류에 대한 죄악이라고 그는 주장했다.

나는 그 물건들 때문에 집 안에서 가히 숨을 쉬기 어려운 지경에 이르렀으니 제발 그 가구가 자기 운명의 별을 따라가 장작이 되든지 폐품이 되든지 내버려 두라고 당부도 하고 설득도 하고 화도 내 보았지만 철학자는 요지부동이다.

어떤 때 밖에 다녀오면 전에 본 적이 없던 의자나 작은 가구들이 숨도 못 쉬고 겁에 질려(철학자의 표현에 의하면 내가 쫓아낼까 봐 두려워서 그렇다는 것이다) 한구석에 놓여 있기 일쑤다.

철학자는 이럴 때 내가 무어라고 선언하기 전에 시골집이 있는 당진에 가지고 갈 거니까 걱정하지 말라고 조심스럽게 말하곤 한다. 이제는 바로 집 앞에 있는 경비실 사람들까지 우리 두 사람의 신경전을 알게 되었다. 경비원과 철학자의 대화는 종종 이런 양상을 띤다.

"사모님 아직 안 들어오셨습니다. 얼른 그 물건을 들여놓으시지요."

혹은,

"사모님 계신데요. 일단 그 물건을 여기 맡겨 놓으셨다가 나중에 저와 만나서…"

점입가경은 이런 대사다.

"교수님. 저기 다른 단지에 괜찮은 의자 내어놓은 것을 보았는데요."

당진에 가져가겠다고 해 놓고는 결코 가져가지 않는 물건들에 둘러싸인 나는 마침내 법령을 선포했다.

물건 하나를 들여놓기 위해서는 반드시 물건 하나는 내어놓아야 한다.

그러자 철학자는 큰 물건을 들여놓고 작은 물건을 내가는 편법을 쓰기 시작했다. 왜 그렇게 법률사전이 날로 두꺼워지는지 그 이유를 알 만하다.

마침내 더 참을 수 없게 된 나는 이제 뭐든지 가구 하나만 더 들여놓으면 내가 집을 나갈 테니까 그 물건들하고 행복하게 잘 살아 달라고 선언했다. 그리고 후세 사람들이 '헌 가구와 아내를 바꾼 사람'이라고 기록해서 철학자를 기억할 것이 틀림없다고 덧붙였다.

철학자는 그런 기록을 읽은 후세 사람의 반응은 이럴 것이라고 태연하게 응답했다.

"거참, 누군지 시원하게 잘했구먼."

그러니 이제는 아파트 사람들에게 제발 아직 살아 있는 화분이나

한잔 하고 힘내세.

쓸 수 있는 가구들을 내다 버리지 말아 달라고 읍소하고 기원하는 길밖에 안 남은 셈이다.

이런 일은 생명존중 사상도 아니고 누구를 위하는 일도 아니며 가족들에게 폐를 끼치는, 성장기의 결핍에서 오는 심각한 수집 증상일 뿐이라고 거의 협박에 가까운 학설을 펴도 철학자는 끄떡도 하지 않는다.

'자아도취형 성격장애'라든가 '강박적 주워 오기 성격장애'라든가 하는 무시무시한 병명을 들이대어도 철학자는 의연하다. 자기는 지구 위의 생명다양성을 존중하며, 병 이름 몰라서 병을 못 앓지는 않는다는 상당히 이해하기 어려운 이야기를 하면서 말이다.

그나마 다행인 점이 있다면 어린 시절부터 그림 그리기를 좋아해 왔기 때문인지 미적인 감각을 발휘해서 물건들을 균형 있게 배치하는 능력은 있다는 것뿐이다.

어느 날 내가 냉철한 이성과 막강한 권력을 지닐 수 있게 된다면 이 모든 물건들을 집 밖으로 내어 몰고 그 앞에 이렇게 방을 써 놓겠다는 공상을 하면서 마음을 달래 보기도 한다.

"필요하신 분은 이 물건들을 모두 가져다 쓰셔도 좋습니다. 원하신 다면 철학자도 끼워 드릴 수 있습니다."

사람들에게는 '천궁형'과

'자궁형'이 있다고 합니다.

소설가 우상숭배 씨는 한창 새로이 유행하는 심리학 이론에 빠져 있었다.

재미있는 책과 냉수 한 컵, 내 몸 하나 누일 곳 있으면

족한 인생이지!

천궁형 인간은 비우는 것에서 편안함과 자유로움을 느끼는 사람이고,

(ex. 우상숭배 씨)

자궁형 인간은 주변을 좋아하는 사람들과 물건들로 채워 그 안에 들어앉아야 안정감을 느끼는 사람이다.

버려진 물건들이여, 내게로 오라♥

(ex. 엄청오해 씨)

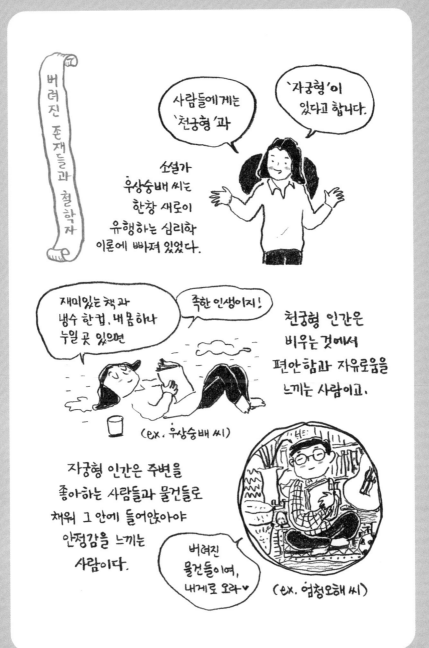

사람들이 자기 취향이나 선호도에 따라
사는 것은 민주국가 국민의 특권일 것이다.

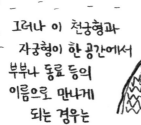

그러나 이 천궁형과
자궁형이 한 공간에서
부부나 동료 등의
이름으로 만나게
되는 경우는

실로 재난의 탄생이라고 하지 않을 수 없다.

우상숭배 씨는 쌓여 가는 낡은 물건들을 보며
설득도 하고 부탁도 하고 화도 내 보았지만

48

엄청오해 씨는
요지부동이었다.

아... 글쎄
춥고 황량한 곳에서
얘가 날 보고
간절한 눈빛으로
SOS를 보내고
있었는데...

다리만 잘 붙여 주면...

어느날 집에 와 보면 못 보던 의자나
작은 가구들이 한구석에
놓여 있기 일쑤였다.

마침내 더는 참을 수 없게 된
우상숭배 씨는

구오오오오

내가 집을 나갈 테니
그 물건들하고
행복하게 오래오래
잘 살라구!!!

이제 뭐든지 가구
하나만 더 들여놓으면!!

스스로를 비워 집을 비우는 데 조금이라도 기여하고 싶어졌다.

홧김에 집을 나가 버리면
후세 사람들은 '헌 가구와
아내를 바꾼 사람'이라고
기록해서 철학자를 기억하리라.

무소유를 추구한 유소유의 대가 철학자

엄청오해 씨

「…기억하리라…」

ㅋㅋ
ㅋㅋ
ㅋㅋ

소설가가 꿈이었던
우상숭배 씨는

…

엄청오해 씨가
제공하는 난관과
시련들을 차곡차곡
기록해 갔다.

그렇지만…
집을 나가 버린다는 건
귀찮은 일이야.

ㅋ
ㅋㅋ

「그렇다면 이제는 아파트
사람들에게 제발 낡은
화분이나 가구들을 내다
버리지 말라고 읍소하고
기원하는 길밖에 안
남은 셈이다.」

때로는 설득도 하고

여보, 당신이 버려진 물건들을 주워 오는 버릇은 생명존중사상도 아니고, 누구를 위하는 일도 아니라니까?

이 책에 보면 그건 성장기의 어떤 결핍에서 오는 심각한 수집 증상일 뿐이래.

내가 성장기의 결핍이 많긴 해.

연구도 했다.

여보, 이 이론에 의하면...

강박적 주워 오기 무엇무엇

자아도취형 무엇무엇

왜곡된 물건 존중 사상...

글쎄 내가 병 이름 몰라서 못 앓지는 않는다니까.

그렇게 세월이 흘렀다. 우상숭배 씨는 결국 집에 빈 공간이 있어야만 한다는 생각 자체를 비우게 되는 도의 경지에 이르렀다.

그나마 다행인 것은,
엄청오해 씨에게 각기
다른 곳에서 온 전혀
어울리지 않는 물건들을
조화롭게 배치하는
미적인 감각이
있었다는 것과

우상숭배 씨가
원하지 않는 물건들의 침투로부터
분리된 작은 자기만의 방을
확보할 수 있었다는 것이다.

그 방에서 차곡차곡 쌓인
엄청오해 씨의 이야기는 한 권의 책으로 묶였고,

우상숭배 씨는 시간과 에너지를 들여 매번
하소연을 할 필요가 없게 되었다. 책 한 권만
보내주면 그 책을 읽은 사람들이 찾아와
우상숭배 씨의 손을
꼭 잡으며

아휴~
얼마나 고생이
많으시겠어요.

그런데
너무 웃겨요.

라고 했기 때문이다.

하지만 정작 엄청오해 씨는
이 책을 읽고도

와, 내가
주인공이야?

온통 내 이야기
뿐이야!

이 책
내 책이야?

나를 놀리는
것 같지만
엄청
사랑하는군?

엄청 오해를 하고선
이 책을 주변에 추천하고 다녔다.

이것으로 '엄청오해' 씨가 엄청 오해를 하게 되고 '우상숭배' 씨가 우상숭배 받게 된 이야기를 모두 마치겠습니다.

...　철학자의 카니발

이 카니발은 화려한 삼바 춤이 거리를 채우는 리우데자네이루의 축제나 아프리카의 초원을 휩쓰는 원시시대의 축제를 지칭하는 단어가 아니다. 이 카니발은 미니밴에 속하는 차의 이름이다.

언젠가부터 철학자는 집에서 버림받은 고가구들을 당진으로 가지고 가겠다는 약속을 실현하기 위해서는 카니발이 필요하다고 주장하기 시작했다. 그가 꼽는 카니발의 장점은 그 차를 직접 만든 회사의 광고를 앞지를 지경이었다.

다른 건 그렇다 치더라도 어떻게 그 큰 차를 타고 출퇴근을 하느냐는 만류는 이미 자신의 갈 길을 정한 철학자를 붙잡기에는 역부족이었다.

집 앞을 오가는 길에 주차해 놓은 카니발을 보기만 하면 탐스러운 소를 관찰하는 소 장수처럼 앞에서 살펴보고 또 뒤로 돌아가서 살펴보다가 슬쩍 창 안을 넘겨다보기까지 하면서 일편단심 관심을 보이기 시작한 것이다.

철학자는 식구들이 다 외출한 어느 날 은밀하게 카 딜러를 불러들였다.

디젤 엔진이라 덩치가 크기는 해도 비용이 적게 들고 세금도 싸기 때문에 낭비가 아니라 오히려 저축이 된다는 것을 차의 장점으로 누누이 강조하던 철학자였다.

그런데 철학자는 막상 계약할 때는 디젤이 아니라 휘발유로 가는 차를 덥석 선택해 버렸다. 그 딜러가 휘발유로 가는 카니발은 디젤 차에 비해 소음이 없어 거의 음악실 수준이라고 음악을 좋아하는 철학자를 전격적으로 유혹했던 것이다.

철학자는 자기는 차에 네 바퀴가 없는 건 오히려 참을 수 있지만 좋은 음악이 없는 차는 참을 수 없기 때문에 그런 어려운 결정을 내렸노라고 설명했다. 차와 음악 감상실을 본격적으로 혼동하고 있는 대담한 발언이 아닐 수 없었다. 발언의 수위가 대담할수록 철학자가 후퇴하는 것은 불가능하다는 사실을 지나온 역사를 통해 익히 알고 있기 때문에 하회를 기다리는 수밖에 없었다.

온갖 우여곡절 끝에 은빛 나는 카니발이 그다음 주에 도착했다. 축제에 나온 어떤 춤추는 미희라도 철학자를 그토록 흥분시키기는 어려웠을 것이다. 철학자는 닦을 것도 없는 새 차를 새삼 마른 걸레로 닦아 보기도 하고, 설명서에 쓰인 대로 의자를 이리저리 재배치해 보고 운전석에 앉아 음악을 들어 보기도 하면서 무아지경에 빠졌다.

그 후 애꿎은 일가친척들이 집에 오기만 하면 그 차에 태우고 시승을 하느라고 동네 한 바퀴를 도는 것이 행사 중의 하나가 되어 버렸다. 모두들 그 차 엔진이 휘발유로 움직인다는 소리를 듣고는 아연실색을 했다. 그 덩치 큰 차를 휘발유로 몰면 그 비용을 어떻게 감당하느냐는 것이 염려의 핵심이었다.

그건 전혀 부질없는 염려라는 것이 철학자의 주장이었다. 차가 밀리지 않는 시간에 출퇴근을 하고 당진만 오갈 것이기 때문에 문제 될 요소는 없다는 것이다. 이즈음에 어느 시간대에 어느 장소에서 차가 밀리는지 안 밀리는지는 신도 예측하기 어렵다는 것을 모르는 척하는 철학자였다.

현실적 여건과 철학자의 주장은 어떤 때 우주의 별들처럼 멀리 떨어져 있어 거의 신비의 경지에 이른다. 그리고 보면 그가『분석과 신비』라는 책을 저술한 것도 무리가 아닌 것으로 보인다.

한번은 동료 학자가 우연히 이 차를 함께 타게 되었는데 차가 좋다고 극찬을 했단다. 나로서는 그 학자가 철학자의 예스-예스(yes-yes) 질문의 희생자가 아닐까 하는 생각이 들지 않을 수가 없었다. 이 차 좋지요? 정말 좋지요? 하는 유명한 긍정, 긍정 질문 말이다.

이 차가 휘발유로 간다고 이야기를 하니까 그 사람은 약간 걱정스러운 표정으로 아내가 이 차 사는 데 동의했냐고 묻더라고 한다. 두뇌가 탁월할 것이 틀림없는 그 학자는 이 카니발 뒤에 숨어 있는 여러 가지 속세의 문제들을 한눈에 간파한 것이다.

철학자는 물론 아내도 아주 기뻐하고 있다고 대답했다.

내가 기쁘다는 것을 나보다 철학자가 더 잘 알고 있는 경우는 그의 주위에 있는 사람들이 이미 대부분 경험한 바다. 내가 카니발을 사서 기뻐하는 것을 어떤 근거로 알게 되었느냐고 물었더니, 그 정도도 모르면 부부라고 하기 어렵지 않으냐는 직관적인 응답이 돌아왔다.

아무튼 이 커다란 차를 타고 출퇴근한다는 소리를 들은 그 학자는 한동안 가만히 있다가 "정말 로맨틱하시군요"라고 말했다고 한다.

철학자는 집에 돌아와 그 사람이 이렇게 칭송했다는 말을 전하면서 기쁘기 한량없어 보였다. 그런데 이 복잡해진 세상에서는 같은 단어도 동일한 의미가 아닌 것으로 쓰이는 경우가 많다.

나는 그 학자가 "정말 제정신이 아니시네요"라는 말을 "정말 로맨틱하시군요"라고 완곡하게 표현한 것이 틀림없다는 크산티페다운 의견을 피력했다.

철학자와 나는 이 말의 해석에 대해 지금까지도 다른 견해를 가지고 있다.

아무튼 우리 집은 카니발 덕분에 언제나 축제 분위기가 되었다. 카니발이 사계절을 가리지 않고 집 앞에 서 있기 때문이다. 그 차를 보면 내게는 화려한 의상을 입고 삼바 리듬에 맞추어 춤추는 무희들과 목과 발에 장식을 한 아프리카의 흑인들이 두드리는 북소리가 보이고 들리는 것만 같다.

어쩌겠는가. 이제는 이 카니발이 속세의 스케줄을 따라가느라고 괴로울 때도 많은 철학자의 마음을 풀어 주는 축제가 되어 주기만 바랄 뿐이다. 이미 일어난 일은 받아들일 수밖에 없다는 스토아학파의 철학은 철학자의 아내들을 위한 학설이 틀림없다는 심증이 이래저래 날로 굳어져 가기만 한다.

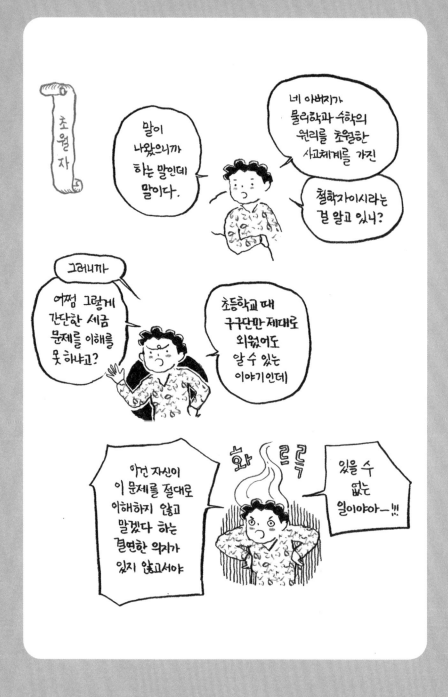

"얘, 이건 그냥 옆집 아주머니 이야기라고 해라.
남의 이야기이면 아주 더 재미있겠다."

... 풍차 앞에 선 철학자

"나는 정의의 기사다. 비겁하게 도망가지 마라."

라만차의 돈키호테는 세상의 정의를 실현하기 위해 어느 날 길을 떠난다. 욕심과 어리석음이 뒤섞였지만 마음은 착한 농부 산초를 종복으로 거느리고 여위고 비루먹은 말 로시난테에 오른 그는 기사로서의 삶을 구현하려는 데 일말의 두려움도 회의도 없다.

기사의 사랑에 걸맞은 '구원의 여인'으로 토보소 마을의 평범한 농가 여인을 정한 그는 품위 있고 귀족적인 이름을 만들어 그녀에게 부여한다. 그러고는 어려운 일이 닥칠 때마다 그 이름 '둘시네아 델 토보소'의 가호를 빌며 앞으로 전진한다. 마음의 고향인 '구원의 여인'이 품위를 잃게 될까 봐 둘시네아 뒤에 반드시 '델 토보소'를 붙여서 지칭하는 돈키호테는 정처 없는 유랑의 길에 나서게 된다.

여행 중에 그는 그 자리에 멈춰 서라는 자신의 말을 듣지 않고 위풍당당하게 돌아가고 있는 풍차를 이 시대 최고의 괴물로 단정하고, 비

틀거리는 로시난테를 몰아 일생일대의 공격을 가한다. 그 후 그가 어떤 일을 겪었는지는 우리에게도 대충 알려진 바이다.

과학 문명의 꽃이고 총아인 컴퓨터를 대하는 우리 집 가장인 철학자의 태도는 풍차를 향해 돌진하는 돈키호테와 유사한 점이 있다. 책상에 앉아 펜으로 글을 써야 생각이 맥을 따라 흐르게 된다는 학구적이며 정서적인 태도는 한때 뭇사람의 존경을 불러일으키기도 했다. 유학 생활을 마치고 귀국했을 때는 출판사며 신문사의 사람들이 역시 손으로 글을 쓰시는 분이 좀 더 깊이 있고 명료한 사고를 펼치는 경향이 있다고 조심스레 흠모의 말씀을 바치기도 했다.

하지만 얼마 전 안식년을 마치고 돌아온 철학자는 사회 곳곳에서 이 시대의 거대한 풍차가 돌아가는 정경과 부딪치게 되었고, 그가 바라고 추구하던 여유 있고 목가적인 글쓰기는 더 이상 존경의 대상이 되기 어려웠다.

심지어 마지막 보루로 믿었던 동료 학자들까지도 대쪽 같은 기개를 허물고 컴퓨터로 원고를 작성하는 것을 보며 철학자의 한탄은 깊어만 갔다.

이제 철학자는 "이메일로 보내 드린 링크로 입력해 주십시오", "인터넷을 찾아보시면 그 사항이 뜰 겁니다." 이런 외계어 같은 이야기를 들을 때마다 비분강개할 기력도 사라졌다.

아직도 펜으로 원고를 쓴다는 이야기를 들으면 젊은 담당 기자의 얼굴에 그날의 자신의 운수를 한탄하는 기색이 살짝 스쳐 가며 이런 반응이 나타난다.

"정말 드문 분이시로군요."

그래도 전에는 "그냥 써서 주십시오. 저희들이 입력해서 싣겠습니다"라는 응답이 드물지 않았다.

그러나 이제는 약간 난처하면서도 예의 바른 태도로 이런 응답을 덧붙인다.

"알겠습니다. 그러면 기한 내까지 이메일로 보내 주십시오."

철학자는 상대방이 자신의 이야기를 이해하지 못했는가 해서 손으로 쓰니까 이메일로 보낼 수가 없다고 간곡하게 이야기한다. 그러면 상대방은 만면에 사교적인 미소를 지으며, "요새 컴퓨터를 다루지 못하는 젊은이들은 없으니까, 조교한테 부탁을 하셔서라도 언제까지… 그러면 교수님만 믿습니다." 이런 결의에 찬 말을 남기고 떠나는 것이 상례이다.

이 사람들은 이제 대학에서 교수가 아무런 일을 아무런 때나 시켜도 혼연히 그 영광을 받들어 기쁨에 넘친 채 일을 하는 조교가 공룡시대의 티라노사우루스처럼 멸종의 위기를 맞고 있다는 사실을 모르는 척하고 있는 것이다.

난감해진 철학자는 그런대로 컴퓨터를 배우려는 시도도 해 보았으나 자기는 도저히 컴퓨터라는 시대의 괴물과 화해하기 어렵다는 독립 선언을 선포했다. 우선 그놈의 기계에 왜 내 사고를 의존해야 하는지 모르겠고, 조그만 화면에 '커서'가 껌뻑거리는 걸 바라보고 앉아 있노라면 자꾸만 생각이 위축되어 풀려 나가던 생각이 그 자리에서 멎어 버린다는 학설을 발표한 것이다.

그렇다면 컴퓨터라는 풍차가 돌아가야 밀을 빻을 수 있는 현대 사회의 방앗간에서 철학자는 어디로 가는 것이 좋단 말인가.

마침내 철학자는 집안의 둘시네아며 산초 판사며 로시난테 들에게 구원을 청하기에 이르렀다. 아내와 아들, 딸이 바로 그 구원 투수의 주축을 이루고 있다.

가련한 아내, 둘시네아는 성씨가 다르나 같은 호적에 입력되어 있다는 인과관계의 영향력 아래 마침내 철학자의 글을 컴퓨터로 치기 시작했다. 다음 날 아침에 꼭 필요한 장문의 원고를 자정이 가까워 내밀 때 철학자의 표정은 사뭇 비장하기까지 하다. 이제부터 둘시네아의 온갖 구박을 받아야 아침에 원고가 이메일로 들어갈 수 있게 되기 때문이다.

주위 사람들의 비판은 이제 죄 없는 둘시네아에게 향하고 있다. 한번 따끔한 맛을 보여 주어 원고가 못 나가는 막다른 지경에 이르러야 철학자가 풍차와 인연을 도모할 생각을 하게 된다는 것이다. 마음 약한 둘시네아가 철학자에게 '과학 문명에 왜 적응해야 하는가' 하는 점에 관해 일장 훈시를 하기는 하지만 그다음에 어물어물 인정에 이끌려 원고를 쳐 주기 때문에 철학자가 개과천선을 하지 못한다는 것이 그 비판의 골자이다.

모든 사람들은 총명한 인생의 견해를 지니고 있고 이 견해에 맞지 않는 인간을 만나면 일단 여장을 푼 다음에 지니고 있는 모든 무기를 동원해 공격을 시작하는 법이다.

지금 이 시각에도 풍차 앞에 의연히 서 있는 철학자는 풍차와 화해할 의사가 없고 줏대 없는 둘시네아는 여전히 원고를 쳐 주고 있어 자주독립을 주장하는 사람들에게 비판의 대상이 되고 있다.

이 절박한 상황에서 사태가 개선될 조짐은 전혀 보이지 않는다.

그저 지금 해 볼 수 있는 일이 있다면 철학자의 오른쪽 어깨에 검을 얹고,

"그대를 풍차 앞의 돈키호테에 임명합니다."

라고 선언하는 일 정도뿐일 것 같다.

... 철학자와 거리의 여인

철학자는 미국 유학 시절에 '런던 찹 하우스'라는 고급 레스토랑에서 버스 보이를 한 적이 있다. 버스 보이는 버스를 타고 손님을 안내하는 일이 아니라 웨이터를 보조하는 역할을 한다.

그의 주 임무는 경력이 수십 년에 달하는 근엄한 웨이터가 나타나기에 앞서 손님들 앞에 물을 따라 놓거나, 손님이 떠난 후 그릇을 나르는 능 필요한 서비스를 하는 것이었다. 그가 일 년 넘어 그곳에서 일하면서 습득한 묘기는 나비넥타이에 유니폼을 입고 손에서 어깨에 이르기까지 팔에 느런히 접시들을 올려놓고 걸어갈 수 있는 거의 서커스 수준의 기술이었다.

그가 일을 하겠다고 신청을 한 후 몇 달이나 대기하다가 처음으로 버스 보이 일을 시작했을 때, 디트로이트 거리는 밤이면 죽은 도시나 다름없었다. 흑인 폭동이 휩쓸고 지나간 지 얼마 되지 않았기 때문이었다. 오후 다섯 시면 거의 철시하는 번화가에 어둠이 내리면 거리는

부랑자들과 매춘부들로 채워졌다.

디트로이트에서 몇십 년의 전통을 자랑하는 런던 찹 하우스는 큰 길에서 약간 안으로 들어선 거리에 고풍스러운 모습으로 그 자리를 굳건히 지키고 있었다.

바브라 스트라이샌드며 프랭크 시나트라 같은 거물급 연예인들로부터 상·하원 의원들과 대통령 후보로 나가는 사람들까지 자주 들른다는 그곳은 당시 디트로이트에서 최고의 평판을 얻은 레스토랑이었다. 그곳에서 일자리를 얻기까지 몇 달 동안이나 대기 순서를 기다려야만 하는 데는 그만한 이유가 있었다. 무거운 그릇들을 포개서 나르는 일은 고되었지만 웨이터가 나누어 주는 팁의 수입이 아주 괜찮았다. 아랍이며 중남미 등 다양한 다국적 버스 보이들 틈에서 동양 사람은 철학자 한 사람뿐이었다.

철학자와 친해진 바텐더들은 그가 술을 좋아하는 것을 알고는 새로운 칵테일을 만들 때마다 그에게 마셔 보게 했다. 유학 생활 중에 좋은 술을 마실 기회가 적은 철학자에게 모든 칵테일은 환상적이었고 그의 칭찬에 사로잡힌 바텐더들은 '진정한' 술맛을 아는 그에게 계속 시음을 시키고는 했다.

새벽에 집에 돌아올 때면 지친 일에 시달린 후에도 그가 벙글벙글 웃고 돌아오는 이유 중 하나가 일에 지장을 주지 않을 정도의 거나함 때문이었다. 레스토랑에서 일하는 사람들은 그가 철학을 공부한다는 소리를 듣고는 아주 재미가 나서 휴식 시간이면 앞을 다투어 그에게 철학 강의를 시켰다. 아마 그의 철학 강의 연습은 그곳에서 처음으로

이루어졌을 것이다.

주로 인생이란 무엇인가, 왜 여기 오는 인간들은 이렇게 비싼 돈을 내고 먼 거리를 달려 이곳까지 오는가, 왜 인간은 자기 환경에 만족하지 못하고 이렇게 이역만리에 와서 무거운 그릇을 나르며 공부하려고 하는가 하는 테마들이 그의 강의의 철학적 주제였다.

학교를 마치고 저녁을 먹은 후 철학자가 일하러 가면 나는 갓난아기였던 큰아들을 재우고 책을 읽다가 졸다가 하면서 그를 기다렸다.

대체로 새벽 두 시가 넘어서야 철학자는 돌아왔고 돌아올 때면 믿을 수 없을 정도로 큰 수염이 달린 구운 왕새우나 한쪽 귀퉁이를 잘라 낸 두툼한 스테이크를 알루미늄 은박지에 싸서 가져오곤 했다. 그러고는 그날 그곳에 찾아온 명사들의 이야기를 신이 나서 들려주었다.

가끔 후배 한국 유학생들이 기다랗게 생긴 한 아름 되는 수박이나 멜론을 사 가지고 한밤중에 몰려와서 그가 돌아오기를 기다리며 진을 치고 있기도 했다. 철학자가 새벽에 돌아오면 그가 들고 온 왕새우며 스테이크를 잘라 양파며 피망이며 감자를 썰어 넣고 큰 프라이팬에 볶아 괴상한 퓨전 요리를 만들어서 한밤중의 파티를 벌이기도 했다.

차를 타고 출근했던 어느 날 새벽, 철학자가 흥분한 얼굴로 문을 열고 뛰어 들어왔다. 인적이 거의 없는 번화가 사거리에서 신호등의 초록 불빛을 기다리며 서 있는데 웬 백인 여자가 묻지도 않고 철학자 차의 조수석 문을 열고 탔다는 것이다. 그러고는 오늘 잘 곳이 없으니 재워 달라 했고, 산발한 금발 머리에 짙은 화장을 한 이 여자가 철학자의 눈에 몹시 가엾고 갈 곳 없는 사람으로 보였다고 한다. 자기는 철학을 공부하는 유학생인데 조금만 더 가면 집이 있고 그 집에서 아내와 어린 아기와 살고 있다고 하니까, 그럼 집에 가서 자기를 재워 달라고 하더란다.

내가 질색을 하면서 지금 그 여자가 어디 있느냐고 묻자 아래 주차장에 세워 둔 차에서 아내 허락을 맡고 오기를 기다리고 있다고 했다.

그 여자의 호객행위 경력이 몇 년인지는 모르지만 아마 이런 반응을 보인 정신 나간 예비 고객은 처음이었을 것이다. 그래 그 여자가 그렇게 하겠다고 했느냐고 물었더니, 좋다고 차에서 기다리겠다고 했다

는 것이다. 그곳은 너무도 험한 거리라 걸핏하면 총격전이 벌어지고 길 건너 집에서 누군가가 새벽에 총에 맞았다는 소리가 조간신문에 나는 곳이었다. 미국 신문을 구독하지 않는 우리만 무슨 일이 일어났는지도 모르고 태연히 그 거리에 살고 있었다. 아닌 게 아니라 정보가 넘쳐날 때보다 부족할 때 인생은 한결 살기 쉬워지는 경향도 있다.

어쩌면 철학자는 삼국유사에 나오는 구도자 노힐부득*처럼 길 잃은 여자를 재워 주고 쉬게 해서 지친 유학 생활을 청산하고 곧바로 성불*하려는 것인지도 모른다.

가엾기만 한 것이 아니라 위험할 수도 있는 그 여자는, 묘사한 행색으로 보아 매춘부일 거라고 했더니 철학자는 그런지도 모르지만 안 그런지도 모르지 않느냐고 대답했다. 설혹 그렇더라도 사람다운 대접을 받으면 그 일이 그녀의 인생에 전기가 될 수도 있다는 것이다. 조금만 더 이야기가 진전되면 『죄와 벌』에 나오는 '소냐'며 『라 트라비아타』에 나오는 '비올레타'의 이야기까지 나올 판이었다.

술 마시고 여자들과 흥겹게 노는 놀이판에 별로 다녀 본 적이 없는 철학자의 머리에 박힌 매춘부의 이미지는 그야말로 몸은 더럽혔지만 영혼은 청순한 가련 무구한 존재이기 때문이었다. 사춘기 시절에 문학책을 너무 읽고 오페라 음악을 너무 들은 것이 화근이었다.

---

*노힐부득(努肦夫得): 신라의 승려로 창원 백월산에서 수도하였으며, 회진암에서 관세음보살의 화신을 만나, 그의 법력으로 미륵불이 되었다고 한다.

*성불(成佛): 부처가 되는 일. 보살이 자리와 이타의 덕을 완성하여 궁극적인 깨달음의 경지를 실현하는 것을 이른다.

아무튼 그 여자가 정말 갈 곳이 없으면 차에서 기다리고 있을 테니까 10분만 기다린 후에 내려가 봐서 그 여자가 차 안에 있으면 다시 이야기를 해 보자고 하는 선에서 타협이 되었다.

10분 후에 내려가 보자 차 안에는 아무도 없었다.

도저히 이해 난망인 고객을 뒤로하고 다른 손님을 찾아간 모양이었다. 아마 이 잠재 고객이 '철학자'인 것을 알았을 때 전후좌우가 빠르게 분별이 되었던 것일까.

철학자는 자기가 안 내려오는 줄 알고 그녀가 갈 곳이 없는데도 불구하고 차를 떠났는지 모른다고 한탄과 자책에 젖었다. 자기를 노힐부득처럼 성불하게 도와줄 관세음보살이 홀연히 구름을 타고 사라진 것처럼 안타까운 표정이었다.

어떤 형태로든 그의 성불에 도움이 되었을 한밤중의 여인은 그렇게 해서 사라져 버렸다.

아마 그녀도 이 경험을 통해 신호대기에 서 있는 차에 올라타기 전에 그 안에 타고 있는 사람이 성불을 목표로 하는 철학자인지 아닌지 잘 살펴보는 지혜를 얻게 되었을 것이다.

가족 이야기

...   철학자의 탄생

우리 집 가장인 철학자는 일곱 누이 틈의 외동아들이다.

어머니가 이십 년에 걸쳐 딸만 내리 낳는 동안 아버지는 정갈한 물에 깨끗이 씻은 동전을 한 손에 감춰 들고 홍은동 근처에 있던 백련사에 드나들며 아들 낳기 소원을 빌었다고 한다.

지금도 짓궂은 지인들은 은근히 놀린다.

"그때 어머니가 불공드리러 다니셨다면 이 친구가 틀림없이 스님의 아들일 텐데 아버지가 불공을 드리러 다니셨다니 거기서부터 해석이 좀 어렵구먼."

아무튼 철학자의 어머니는 집터에 문제가 있는 것이 아닌가 하여 집 앞 길가에 있는 가겟방에 나와서 몸을 풀었다. 순산에 아들이었다.

누이들은 물론이고 외가 친척 친지들까지 다 환호작약했다. 5대 독자 집안에 경사가 난 것은 두말할 것도 없었고, 철학자는 저절로 6대 독자가 되었다. 식구들이 육이오 때 피난을 내려가지 못하고 서울에서

머물렀던 동안 동네 사람들은 어려운 중에도 6대 독자가 굶으면 안 된다고 번갈아 가며 밥 한 주발이며 먹을 것들을 들이밀던 시절이었다.

그의 밑으로 삼 년 터울을 두고 누이동생이 태어나고 아버지는 다음 해에 타계했다.

유학 시절 애꿎은 철학자는 내가 뒤늦게 심리학 공부를 하는 통에 인간의 형성 과정에 대한 실습 대상이 되었다. 프로이트의 인간 해석은 거의 소설처럼 흥미진진해서 나는 한동안 그의 인간 해석에 심취해 있었다. 나는 모든 행동을 프로이트의 이론대로 해석하며 철학자를 들볶았고 그의 생애의 발달 과정을 하나씩 짚어 가면서 그의 인생을 해석하여 들려주고는 했다.

구강기에는 나이 든 어머니에게서 젖을 제대로 얻어먹지 못해 문제가 형성되었고, 항문기에는 제멋대로 군림하는 왕자 기질 때문에 감정을 자기 안에 가두고 통제하는 것을 배우지 못했고, 오이디푸스기에는 동일시할 성역할이 되어 줄 아버지가 없고 형제도 없기 때문에 자신의 정체성을 제대로 계발할 기회를 갖지 못했다는 것이 골자였다.

그런 험하고 되지 않는 소리들을 듣고도 철학자가 끄떡없이 버틸 수 있었던 것은 자기는 다른 생각에 빠져 내 이야기를 제대로 듣지 않았기 때문이었다.

혼자 생각이 많았던 사춘기에는 6대 독자가 찻길을 건너다니게 할 수 없다는 주위의 판단 때문에 바로 집 앞에 있는 학교에 덜컥 집어넣는 바람에 원했던 학교에 다니지 못하면서 말 못 할 심적인 고통도 겪었다고 했다.

이런 출생과 발달사를 거친 그가 철학과에 입학한 것은 어찌 보면 자연스러운 일이었다. 석가모니처럼 인생의 해탈을 구하러 출가하지 않은 것이 이상할 지경이었다. 아닌 게 아니라 대학 다니던 시절 인생의 번민에 휩싸여 전국을 방랑하며 수덕사에 들러 김일엽 스님을 만나고 출가를 생각한 적도 있었다고 한다. 그리고 그때 자기가 출가했으면 나는 영원히 출가(?)할 기회를 잃었을 것이라는 게 그의 주장이다. 나는 별달리 반론도 제기하지 않는다. 인생에서 일어나지 않은 일에 대해 혼자 학설을 세우고 상상하는 것은 민주주의 국가 시민의 특권이기 때문이다.

청정한 신앙을 토대로 내세운 대학의 언덕 위에서 그는 높은 굴뚝 위에 올라가 아래를 내려다보며 상념에 젖기도 하고, 배를 곯던 시절 굴비 두름을 정성껏 그려 부엌문 앞에 굴비 대신 걸어 놓기도 했다. 그 흔한 연애도 제대로 못 해 본 것은 함께 차를 마시면 결혼해야만 하는 것으로 알았기 때문이다. 요새 말로 정말 폼 안 나는 괴로운 청춘이었던 셈이다. 만나자고 접근하는 학교 여학생들도 있었지만 친해질 무렵엔 대부분 다른 남학생과의 연애관계를 하소연하기 시작했다니, 그 기운을 직업적으로 살렸더라면 지금쯤 장안의 탁월한 결혼 상담자가 되었을 수도 있을 것이다.

아무튼 음력으로 4월이라 양력으로 따지면 대체로 5월이 되는 그의 생일은 집안의 대대적인 잔칫날이다. 일곱 누이와 40명의 조카 중 장조카들과 배우자들이 집으로 모여들기 때문이다.

내가 흔히 '백설 왕자와 일곱 누이'라거나, '철학자와 사십 인의 조카'라거나 하는 비유를 쓰며, 조선에 생일을 찾는 두 남자가 있는데 한 사람은 북한의 김일성 주석이고 다른 한 사람은 남한의 철학자인 것으로 보인다는 학설을 펴도 철학자는 의연하기만 하다.

우리 두 사람 다 그런 종류의 학설을 피력하는 데에서는 무한한 자유를 누리는 셈이다. 어떤 학설을 제기하든 사회에 나가서 발표하지 않는 한 대체로 따지지 않고 서로 눈감아 주기 때문이다.

이제 김일성 주석도 세상을 떠났으니 철학자는 생일을 찾는 남자로서 거의 독보적인 존재가 된 셈이다.

갑자을축으로 셈해서 태어난 띠가 다시 돌아오는 환갑을 맞이하게 되어 주위의 아는 사람들마다 궁금해하며 묻는다.

"해마다 생일을 환갑처럼 지냈으니 그래, 환갑에는 얼마나 대단하게 잔치를 하실 건가요?"

나는 주눅 들지 않고 씩씩하게 대답한다.

"아이고, 그런 말씀 마세요. 생일을 환갑처럼 지냈으니 환갑은 평일처럼 지내야지요, 뭐."

사람들은 그렇지만 곧이듣지 않는다.

철학자의 환갑에는 작은 연극을 공연할 계획이다. 무대가 있고 막을 올리고 내리는 정식 연극은 아니다. 친척들이 함께 모여 즐겁게 먹고 마시면서 한 귀퉁이에 담요로 막을 치고 조카들을 무료로 출연시켜 일곱 누나와 한 왕자의 탄생 이야기를 마당극처럼 공연할 예정이다.

제목도 이미 다 정했다.

'철학자, 탄생하다'이다.

인생의 원이 시작되는 점에 되돌아와 자신의 탄생 비사를 연극으로 본다는 것은 얼마나 흥미로운 일인가. 세상의 수많은 독재자가 살아서 해 보고 싶었으나 차마 못 해 본 일을 이 철학자는 해 보려는 참이다.

"이거, 정말 마누라 때문에 귀찮아서 살 수가 없구먼…."

이런 의연한 표정을 지어 가면서 말이다.

...   철학자의 결혼

철학자가 나를 만나기 훨씬 전에 결혼을 해야겠다고 결심했던 첫 번째 이유는 어머니에게 며느리를 얻어 드리는 것이었다고 한다. 효자가 되기를 꿈꾸는 사람다운 갸륵한 결심이 아닐 수 없었다. 언젠가는 미국 유학의 기회도 있었지만 누이들이 다 출가한 후 홀로 남은 어머니를 두고 철학자는 떠날 수가 없었다.

어쨌든 그 '야담과 실화' 같은 계획은 무산되었고 어머니는 나를 만나기 전에 세상을 떠나셨다.

철학자는 미국 대사관의 필름 도서관에서 일할 때 방송국의 문화 프로그램을 맡았던 나와 처음 만나게 되었다.

12월, 나는 대사관 홍보 담당자들에게 크리스마스카드를 보내면서 미국 공보원 담당자 이름을 몰라 '담당자 귀하'라고만 써서 보낸 적이 있다. 철학자는 그 카드를 받아 들고 어느 댁의 규수가 자기를 멀리서 보며 흠모하다가 마침내 손짓을 보낸 것으로 오해했다고 한다. 인간의 자기 예찬적인 상상력에는 한계가 없는 법이다.

그는 카드를 받은 즉시 방송국으로 전화했다. 나중에 철학자가 말한 바로는 자기 이름을 듣자마자 어쩔 줄 모르며 흠모의 정을 토로할 줄로만 알았던 규수가 사무적인 어조로 물었다고 한다.

"그런데 무슨 일이시죠?"

그는 아차 싶어 애매한 어조로 대여해 간 필름을 즉시 돌려 달라고 둘러댔다고 한다. 거기서부터는 나도 기억이 난다. 아직 대여 기한이 남았다는 내 말에 그는 필요한 사정이 생겼으니 지금 즉시 반납해야 한다고 대꾸했다.

의아해하면서 필름을 가지고 가니까 철학자는 자기가 바로 그 '담당자 귀하'라며 앞으로 나왔다. 그리고 자신에게 보낸 크리스마스카드는 잘 받았다고 덧붙였다. 나는 그만 예의도 없이 웃음을 터뜨리고 말았다. 카운터에서 늘 만나 필름을 대여해 주던 다른 사람이 책임자인 줄 알고 그 사람에게 보냈던 카드였기 때문이다.

철학자는 좀 무안한 모양이었지만 어쨌든 일도 걸려 있고 하니까 점심이나 한번 같이 하자고 했다. 그 당시 방송국에서 살아남으려면 거의 중성적인 태도를 견지하는 것이 필요했다. 일 앞에서 남녀가 별로 구별되어 보이지 않던 그 시절에 점심 한 끼 같이 하는 것은 그다지 어려울 일이 아니었다.

처음 만난 자리에서 그는 말했다.

"나는 누나가 일곱이고 형이 일곱입니다."

그렇게 형제가 많으냐고 하자 누이가 일곱인데 매형들까지 다 형

으로 치기로 했다고 했다.

나중에 그는 그런 정보를 아무렇지도 않게 받아들이는 내가 아주 용감해 보였다고 했다. 말하는 품이 6대 독자에 누이가 일곱이라고 하면 혼담이 오가다가도 서류 심사에서 번번이 탈락했던 모양이었다.

우리 집안은 대대로 딸이 귀해서 일가친척들이 모이면 아들만 많고 딸은 몇 명 없다. 아버지는 내 위로 셋인 오빠가 태어날 때마다 딸이 아니라고 서운해하셨다고 한다. 그는 일곱 누이를 전혀 두려워하지 않는 내 태도에 마음을 놓은 것 같았다. '남자'라는 것이 무슨 인생의 훈장인 줄 아는 사람들과 대단히 오래 살아온 그는 그런 대접에 물려, 말하자면 '남자'라는 이유만으로 누군가를 존경할 의사가 전혀 없는 '깡패' 아내와 결혼하게 된 셈이었다.

여러 번 만나면서 우리는 점차 친해졌다. 그는 마침내 내게 '우리는 개체가 다르되 이미 타자가 아니다'라는 철학적 소논문 같은 것을 보내왔다. 짐작건대 아마도 그것은 논문이 아니라 프러포즈하는 장문의 편지였던 것 같다.

하루는 철학자가 적십자병원으로 둘째 누이의 문병을 가자고 제안했다. 그것도 어려울 게 없었다. 적십자정신을 내세울 것까지도 없이 그저 지인의 친지 병문안 정도로 간단하게 생각했기 때문이었다.

청색 와이셔츠를 입고 앞 포켓에 만년필이며 연필을 몇 개나 꽂은 채 큰 가방을 메고 나타난 나를 본 누이들은 대경실색을 한 것 같았다.

나도 안 그런 척했지만 내심으로는 당황스러웠다. 철학자의 누이들이 전부 병실에 모여 나를 기다리고 있었다. 말하자면 선을 보이러간 셈이었다. 그런 줄 미리 알았던들 어쩔 수 있었던 것도 아니었겠지만 자포자기한 나는 "안녕하세요." 하고 멋없는 인사를 던지고는 앉으라는 의자에 덥석 앉았다. 그러고는 누이들의 질문이 쏟아져 나왔다. 누이들의 질문은 섬세하고 내 대답은 엉뚱했다.

나는 대답하다가 큰 소리로 웃기도 했는데 따라 웃지도 않고 누이들은 나를 바라보기만 했다. 여태 보지 못했던 새로운 도깨비를 본 것 같은 표정들이었다. 그렇기도 했을 것이다. 일곱 누이가 있는 외동아들과 사귀고 있다면 적어도 옛날 드라마에 나오는 조신한 규수의 반만이라도 흉내를 내는 척해야 할 것이 아닌가. 그런데 규수는 간데없고 누이들의 기준으로 보자면 어디서 마당 쓸다 온 선머슴 같은 여자가 나타난 것이었다. 하다못해 뭐라고 평할 단어를 찾기도 어려웠을 것이다.

다음 날 철학자는 나한테 말했다.

"말도 마세요. 누나들이 전부 반해 가지고 좋다고 난리들이에요."

의심 없이 믿었던 그 거짓말이 들통 난 것은 한 달쯤 후였다. 그사이 이런저런 일로 몇 번 만날 일이 있었던 큰누님이 내게 실토를 한 것이었다. 사실 처음에는 너무 유달라 보여서 혹시 교만하거나 고집이 센 것이 아닌가 하고 많이 우려를 했는데 볼수록 소탈하고 검소해서 마음에 든다는 것이었다. 기가 막혀서 누이들이 철학자에게 내가 아주 좋다고 말한 게 사실이 아니냐고 물었더니, 큰누님은 웃음을 참지 못하고 다 털어놓았다.

"그 여자가 어디 너 밥해 주겠냐?"

이게 큰누님이 철학자에게 던진 말이었다. 다른 누이들의 우려도 대동소이했다고 한다.

모든 누이가 바랐던 것은 천상에서 하강한 선녀였으며 그렇지 못하면 하다못해 옥황상제의 서녀 정도는 되는 어떤 규수였던 것이다. 탄생의 전설이 이어지려면 그 정도의 꿈을 꾸어 보는 것도 무리는 아니었다.

철학자의 두뇌는 과연 비상했다. 그런 소리를 전했다가는 예후가 좋지 않을 것이라고 즉시 판단했던 것이다. 어쨌건 삼십 년이 지난 지금도 나는 자는 시간과 책 보는 시간만 방해받지 않으면 고분고분 밥도 잘하고 일도 잘하면서 지내고 있는 중이다.

만약 그때 철학자가 사색에 잠긴 표정으로 심각하게 드라마 〈겨울연가〉의 주인공 포즈를 취하면서 꽈배기 목도리를 한 채,

"어떻게 하지요? 누님들이 다 반대를 하는데요."

이렇게 나왔더라면 나도 누이들을 대할 때 어색해서 경직되었을 것이다. 아니면 다시는 철학자를 안 만나려고 들었을 가능성도 없었다고 보기 어렵다. 사소한 일에 목숨을 걸고 찌그렁거리는 갈등 관계에 들어가는 것처럼 내가 성가셔하는 일은 없기 때문이다. 내가 잘 지낼 수 있었던 것은 누이들이 다 나를 좋아하는 줄로만 믿고 있어서였다.

인생에는 정말 아이로니컬한 점이 있다. 우리가 어떤 관점을 갖는 순간부터 그 관점의 포로가 되어 자기도 모르게 그 선을 따라 생각하고 움직이게 되는 경향이 있는 것이다.

아무튼 철학자는 먼저 유학을 떠나고 나는 일 년 후에 미국에서 합류해 학교의 작은 강당에서 결혼식을 올리게 되었다.

결혼함으로써 누가 누구를 구원한 것인가 하는 것은 다른 부부들처럼 영원히 결말이 나지 않을 미스터리가 될지 모른다. 그러나 내 지론 하나는 확실하다.

철학자가 결혼했다면 어떤 경우에라도 철학자가 구원받은 것이라는 점이다.

이의가 있는 사람은 각 대학 철학과에 문의해 주기 바란다.

... 철학자의 자녀들

미국에서 유학 시절 우리는 첫아이를 낳았다. 철학자의 기쁨은 어디에
도 비길 바가 아니었다. 집의 누이들과 가까운 친구들에게 그는 흥분
해서 국제전화를 걸었다.

"이제야 진짜 내 편이 하나 생긴 것 같아. 인생에서 어떤 때나 내 편
을 들어줄 사람이…"

유학생들의 나이 또래가 엇비슷할 때라 같은 해에 우리까지 합해
세 명의 유학생 부부가 아기를 낳았다. 그때만 해도 옛날이라 함께 모
였던 저녁 모임에서 딸을 낳은 아버지 한 사람이 농담 삼아 물었다.

"야, 이거 그러지 말고 우리도 아들 낳는 비결 좀 가르쳐 주게."

철학자는 근엄한 표정으로 말했다.

그 비결은 한 가지뿐인데 특별히 가르쳐 준다는 것이다. 그리고 한
참 뜸을 들이더니 간절히 딸을 바라면 아들을 낳을 수 있게 된다고 대
답했다. 듣고 있던 그 사람은 어리둥절해하면서 되물었다.

"그럼, 그렇게 생각하기만 하면 아들을 낳게 된다는 말이야?"

철학자는 친절하게 부연 설명을 했다. 그런데 주의할 점은 혹시 아들을 낳게 될까 하고 딸을 바라서는 안 되고 정말 진심으로 딸을 바라야 아들을 낳을 수 있게 된다는 것이다. 듣다 보니 세상일이 마음먹은 대로 되는 게 없다는 진리를 뒤집어 말한 것이라 좌중에는 폭소가 터졌다.

한 사람이 다시 물었다.

"그렇게 진심으로 딸을 낳기를 바라다가 아들을 낳으면 더 곤란하지 않아?"

철학자는 그것이 바로 우리가 풀어 나가야 할 인간의 영원한 숙제라고 대답했다.

유학 시절에는 철학을 전공한다고 하면 대부분의 사람들이 진지하게, 혹은 농담 삼아 눈을 빛내면서 형이상학적인 질문을 던져 오고는 했다.

내가 일하던 양로원의 미국 할머니들은 남편이 유학생이라고 하면 반색을 하면서 무엇을 공부하느냐고 묻다가 철학을 공부한다고 하면 손을 꼭 잡고 위로하는 일이 다반사였다. 무엇이든 참고 견디면 낙이 오니까 용기를 잃지 말라는 것이었다. 어떤 할머니는 눈물까지 글썽거리고는 했다. 어떤 측면으로 봐도 큰돈 벌기는 틀린 남편을 믿고 있는 동양 여성이 안쓰러워 보였던 모양이다. 아마 의학이나 첨단 실용 학문을 공부한다고 했으면 그런 반응을 보이지는 않았으리라고 짐작이 된다.

철학자는 아버지와 함께 지낸 적이 없기 때문에 아버지 역할을 하는 것에 대해 한동안 혼돈을 겪었다. 아들을 친구처럼 대할지, 형처럼

대할지, 권위적으로 엄격하게 대할지 하는 부분 때문에 현실적으로 부딪히는 문제들에 대해 판단이 서기 어려웠던 모양이다.

그래서 그런지 아들이 결혼도 하고 첨단 공학 분야에 취직도 하자 철학자의 기쁨은 하늘을 찌를 듯했다.

큰아이 밑으로 4년 터울을 두고 딸이 태어났다.

그림 그리기를 좋아하고 잘 웃는 딸애하고 철학자는 놀랍게 잘 지낸다. 자신의 설명처럼 어머니와 일곱 누나를 포함해서 각종 나이의 여자들을 너무 잘 알고 있기 때문에 별 어려움은 없었던 셈이다.

귀국한 후 철학자는 아이가 하나 더 있었으면 좋겠다고 말하기 시작했다. 자기가 정말 아들을 하나 더 낳으려고 그러는 것이 아니라 아들 하나, 딸 하나만 데리고 사는 게 무슨 은행 광고에 나오는 획일화된 단란 가정 같아서 싫다는 것이다. 그저 아이가 하나 더 있었으면 좋겠는데 딸이면 더욱 좋고 아들이라도 좋다는 것이다.

그러고는 딸아이 밑에 4년 터울로 막내아들이 태어났다.

큰아들이 작년에 결혼한 후부터 철학자는 젊은 남자들을 새삼 사위를 보는 시각으로 바라보게 되었다. 그러더니 딸을 줄 만한 사람이 쉽게 눈에 띄지 않는 세상이 되어 버렸다고 한탄을 했다. 한탄할 필요도 없는 것이 이즈음 세상에 딸이 누구에게 준다고 가고 안 준다고 안 가는 존재가 아니라고 아무리 이야기해 봐야 마이동풍이다.

막내아들은 아버지를 이어 철학과에 들어갔다. 아침에 함께 차를 타고 나갈 때면 학교 가는 내내 아버지가 아카데미아에서 걸어 나오는 플라톤이나 아리스토텔레스처럼 열띤 강의를 하는 통에 잠을 잘 수가 없다고 불평하는 적도 있고, 이야기가 좋아 잠이 달아난다고 하는 적도 있다.

이제 철학자는 일생을 걸러 모은 책이 나중에 어디론가 사라지지 않게 된 것 같아 흐뭇하다. 진정한 학자 한 사람이 나오는 데 3대가 걸린다는 말이 사실이라고 한다면 이제 겨우 2대가 한길을 가게 된 셈이다.

하기야 막내가 이제 2학년이 되더니,

"그런데, 내가 이다음에 무엇을 해서 먹고살게 될까?"

이런 질문을 던지는 것을 보니까 다른 길로 샐 위험 신호가 슬며시 엿보이는 것 같기도 하다.

유학 시절 경영학을 전공하던 후배 한 사람은 철학과에서 전과한 것이 늘 마음에 걸린다고 술만 마시면 하소연을 하고는 했다. 가난한 고향 땅을 등진 것만 같은 생각이 드는데, 철학을 공부하는 사람들은 오히려 자유롭게 다양한 직업에 투신하는 것 같다는 것이다. 그리고 철학을 공부하는 사람들이 오히려 본인의 사람됨만을 중요하게 여기는 배우자를 만나는 경우가 많은 것 같다고 말하고는 했다. 이상을 따라가기 힘겨워 전공에서 손을 놓았지만, 더 살아 보니 철학을 공부한다고 세속적으로 더 불행해지는 것도 아니더라는 것이다.

아버지가 된 철학자는 험난할지언정 자신이 좋아하는 일에 몰입할 수 있어야 한다고 자녀들에게 귀띔하곤 했다. 장성한 자녀들을 대동하여 길을 걸을 때 어쩐지 철학자의 어깨에 힘이 실리는 것을 보면 그가 고독한 실존철학자의 경지에는 못 들어간 것일지 모른다는 생각이 들기도 한다.

그것은 가족모임이었다고 한다.

...   장남과 철학자

한 시절, 우리나라에서 가장 지난한 일 중 하나가 장남으로 태어나는 것이었다.

오죽하면 '대한민국에서 장남으로 살아가기'라는 긴 제목을 가진 책이 한동안 베스트셀러가 되었겠는가. 각종 무거운 짐을 지고 의연한 체하는 장안의 장남들이 그 책을 읽고 공감하고 함께 분개하는 바람에 그 책이 많이 팔린 게 아닌가 하는 추측도 든다.

당시 우리나라에서 첫아들의 탄생 의미는 지대했기 때문에 큰 기대를 지닌 아버지는 맏이가 자기가 원하는 사람이 되도록 압력을 가하는 경우가 많았다. 아버지와 장남 사이에 정서적인 갈등이 생길 수 있는 이유도 이런 밀어붙이기에서 파생되곤 했다고 볼 수 있다.

철학자의 장남은 미국 유학 시절 제일 가난하고 힘든 시기에 태어났다. 디트로이트의 살벌한 도심지에 있는 작은 아파트에서 태어난 맏아들은 부모와 더불어 고생을 하며 어려운 시기를 헤쳐 나간 셈이다.

　새벽에 첫아들이 태어나자 너무나 흥분한 철학자는 대한민국의
모든 일가친지에게 전화를 걸어 기쁨을 알렸다. 이제 언제든지 내 편
을 들어줄 아이가 태어났다고 그는 선언했다. 놀라운 기대였다. 또는
그동안 아내가 언제나 편을 들어주지 않았다는 불평을 은근히 하고 싶
었는지도 모른다.

　외국에서 마땅히 도와주는 사람도 없이 아기를 기르느라 어려운
고비를 여러 번 겪기도 했다. 생후 몇 개월밖에 되지 않은 아기에게 급
성 장염이라는 진단을 내리며 의사가 위험하다고 선언한 적도 있었다.
다행히 아기가 며칠 동안 애끓는 고비를 넘겨서 이제 안심해도 된다는
의사의 말을 듣는 순간 며칠 밤을 새우다시피 한 철학자와 아내는 함

께 울었다.

추상적인 세계의 틀을 짜는 어려운 공부를 영어로 하느라고 심신이 지친 철학자는 주말에 아내가 일하러 나간 사이에 아들을 돌보아야 하는 막중한 임무까지 맡아 고군분투했다. 철학자의 간절한 소원은 어떻게 해서든지 아기를 재우고 공부를 하는 것이어서 마침내 모든 창의력을 동원하기 시작했다.

가령 목욕탕에 불을 끄고 세면대의 수도꼭지를 살짝 틀어 똑똑 떨어지는 정도로만 해 놓고 아기를 안고 일정하게 한쪽 다리를 흔들어 주면 거의 최면 효과가 일어나 스르르 잠이 든다는 연구 결과를 얻기도 했다. 책과 철사를 가지고서 아기에게 우유를 먹일 때 효과적으로 우유병을 받칠 수 있는 기구를 만들어 놓은 것은 거의 발명품 경진 대회에서 수상을 노려 볼 만한 작품이었다. 문제는 새로운 발명품이나 방법론을 세상에 내놓을 때마다 아내에게 칭찬보다는 제대로 아이 볼 생각은 하지 않고 딴짓만 한다는 비판을 들었다는 점이다.

드디어 다섯 살이 된 아이는 유치원에 가기 위해 가정방문 인터뷰를 받게 되었다. 긴장한 아이는 캠퍼스 하우스의 이 층으로 올라오는 계단에 앉아 선생님을 기다렸다가 손을 잡고 집으로 함께 들어왔다. 아이에게 이름을 묻고, 엄마와 아버지의 이름을 묻고, 친절하게 여러 가지를 묻던 젊은 선생님은 마침내 어려운 질문을 하기 시작했다.

"너는 발가락이 몇 개니?"

아이는 순간 조금 당황한 듯했지만 모든 일을 확실하게 하기 위해서인지 오른쪽 양말을 벗고 발가락을 세기 시작했다. 원, 투, 쓰리, 포,

파이브 아이의 얼굴에 득의의 미소가 퍼지더니 파이브라고 말했다. 선생님은 여전히 미소를 잃지 않은 채 말했다.

"왼쪽에도 발가락이 있지 않니?"

아이는 왼쪽 양말을 벗고 세어 본 다음에 파이브라고 말했다.

"합하면 몇 개지?"

아이는 합계를 내기는 어려운지 두 발의 발가락을 원, 투, 쓰리, 포, 파이브, 식스, 세븐, 에이트, 나인, 텐이라고 다시 세어 본 다음에 열 개라고 대답했다. 그러고 나서야 긴장이 좀 풀리는 모양이었다.

철학자와 아내는 한쪽 구석에 초조하게 앉아 있었지만 절대 개입해서는 안 된다는 엄명을 받았기 때문에 긴장해서 보고 있을 뿐이었다.

마침내 선생님은 물었다.

"엄마는 집에서 무엇을 하시니?"

아이의 얼굴에 미소가 퍼졌다.

"쿠킹!"

"또 어떤 일을 하시니?"

"클리닝!"

아이는 자랑스럽게 대답했다.

"그렇구나. 참 잘 대답했어."

만면에 미소를 띤 선생님은 칭찬을 해 주었다. 그러고는 또 질문했다.

"아빠는 집에서 뭘 하시니?"

아이는 무언가 생각을 해 보더니 대답했다.

"낫씽!"

이 구절에서 철학자는 분김에 앞으로 달려 나갈 듯한 태세를 취했지만 곁에 앉은 아내의 제재를 받지 않을 도리가 없었다. 선생님은 침착하고 친절했다.

"그래? 그래도 무언가 하시는 일이 있을 텐데, 무얼까?"

마침내 아이의 얼굴에 회심의 미소가 떠올랐다.

"슬리핑!"

선생님은 미소 띤 채 고개를 끄덕이면서 몇 가지 다른 질문을 하더니 그럼 다음에 만나자고 어른처럼 아이에게 악수를 청하고는 인터뷰를 마쳤다.

철학자는 혹시 그 아리따운 여선생이 자기를 천하의 불한당에 게으른 인간으로 보지 않을까 두려워서 설명을 시도하려고 했다.

"선생님, 그런 게 아니라…"

선생님은 웃었다.

"염려하지 마세요. 여기가 캠퍼스 타운이라 아이들이 본 아빠는 공부하느라고 지쳐서 쉬고 있는 경우가 많아서 그래요. 솔직하게 자기가 본 것만 말하는 건 아이들의 특성이거든요. 총명한 아이인데요."

그제야 철학자의 근심은 가라앉았다. 공부하고 아르바이트하느라고 지칠 대로 지친 철학자는 밤늦게 돌아와 쓰러져 잠들곤 했다. 그 당시 아이가 기억하는 아빠는 잠들어 있는 경우가 대부분이었다. 철학자는 엄격한 잣대를 들이대며 큰아이를 야단도 많이 쳤고 자주 같이 놀아 주지도 못했다고 늘 마음속으로 미안해했다. 큰아이는 취학 연령이 되었을 때 귀국해서 언어가 통하지 않는 학교에서 따라가느라고 많은 어려움을 겪기도 했다.

한번은 마루에서 아이들과 저녁밥을 먹고 있는데 나이 든 걸인이 문을 밀고 들어온 적이 있었다. 초라한 행색의 걸인에게 돈을 조금 주고 돌아서는데 일곱 살 난 큰아이는 밥상 위에 수저를 내려놓더니 눈물이 글썽했다. 왜 그러느냐고 놀라서 묻자 아이는 목이 메어 대답했다.

"이제 저 사람은 어디 가서 자? 갈 데도 없을 텐데."

어렵고 가엾은 사람에 대한 아이의 심성은 순수하고 따뜻했다. 그런 마음은 쉽게 상처받을 수도 있어 자라나면서 아버지가 자기를 이해해 주지 못한다고 생각하는 갈등도 있었다. 철학자가 손자에게 거의 무념무상의 사랑을 베풀려고 드는 것도 어떻게 보면 그렇게 대해 주지 못했던 맏아들에게 미안한 마음을 보상하려는 중인지도 모른다.

여러 가지 어려운 고비를 겪고 어른이 된 철학자의 장남은 해외 출장이 잦은 직장에 취직해 억눌렸던 자유의 욕구를 채워 볼 기회를 갖게 되었다. 스위스나 미국 등 세계 여러 나라의 국제회의에 참석하는 아들을 보며 철학자가 대견해하는 것은 말할 나위도 없다. 은근히 부러운 마음이 드는지 철학자가 변장하고 참석하면 안 되느냐고 농담을 던지기도 한다.

직장에서 자리를 잡은 아들은 조금은 어려워하고 거리감을 느끼던 철학자에게 많이 다가오기 시작했다. 아버지 노릇을 해 보니까 아버지의 고충이 어떤 것인지 좀 이해가 가는 것 같기도 했다.

지난 한식에는 성묘 갔던 길에 어린 손자 준서에게 가계에 대해 설명하려는 야심을 품은 철학자가 드디어 네 아빠의 아빠가 바로 나라는 놀라운 소식을 전했다. 눈이 동그래진 손자는 자기 아빠와 철학자를 번갈아 보더니 이렇게 물었다.

"아빠의 아빠가 하부지야?"

철학자는 손자와 아들과 자신을 한 명씩 손가락으로 가리켰다.

"그래. 바로 그거야. 그러니까 네 아빠의 아빠가 바로 하부지예요."

그러자 손자는 어이가 없는지 결론을 단숨에 내렸다.

"말도 안 돼!"

식구들은 모두 웃음을 터뜨렸다.

철학자는 어린 손자에게 다시 가계를 설명하려고 했으나 아이는 들은 척도 하지 않았다. 왜냐면 아빠도 자기 아빠가 있을 수 있다는 사실은 불가능한 일이었고, 하부지가 자기 아들이 있다는 것도 도무지 믿을 수 없는 일이었기 때문이다.

"왜 말이 안 된다고 하지?"

철학자는 안타까운 모양이었지만 주위의 간곡한 만류를 받고 일단 이 정도에서 작전상 후퇴를 결심한 모양이었다.

이제 정년퇴직을 앞둔 철학자는 의료보험을 아들 앞으로 옮겨야 할 상황에 이르렀다. 늘 보호자라고 느끼던 심정에서 피보호자가 되는 심정은 상당히 미묘한 모양이었다.

아버지의 보호자가 되는 첫걸음이었는지 철학자의 큰아들은 아버지가 일구월심 들고 다니던 낡은 캠코더와 바꾸라고 좋은 캠코더를 사

서 아버지에게 선물했다. 철학자의 새 캠코더에 대한 기쁨과 그것을 큰
아들이 사 주었다는 환희는 이루 형언하기 어려울 지경이어서 이제 그
사실을 모르는 사람은 인근 삼백 리에 한 사람도 없게 되었다.

이번 어버이날에는 맏아들 내외가 철학자와 아내를 한식집에 초청
해서 갈비찜과 간장게장이 있는 큰 상을 기화요초가 만발한 정원의 정
자에서 받게 해 주었다. 저녁 식사 후에는 일산 호수공원의 노래하는
분수대 앞에 자리를 깔고 앉아 음악과 분수와 오색의 조명이 어우러지
는 장관을 함께 보았다.

그날 밤 집에까지 태워다 준 아들이 식구들과 돌아간 다음에 철
학자는 말했다.

"쟤가 요새 나한테 다정하게 해 줘."

철학자의 눈에 눈물이 글썽했다. 그 눈물에는 여러 가지 뜻이 담
겨 있을 것이다. 이제 노인이 되어 긴 세월을 살아온 여정을 되돌아보
며 감개무량하기도 하고 고달픈 삶을 살아가느라고 큰아들이 원하는
만큼 다정하게 대해 주지 못했던 후회도 섞여 있을 터였다.

철학자는 캠코더로 찍은 장면을 TV에 틀어 놓고 분수 앞에서 손
자와 이야기를 나누는 큰아들의 모습을 한동안 물끄러미 바라보고 있
었다.

...   꼬마 철학자

우리 집 막내는 어려서부터 재미있는 질문을 많이 하는 아이였다.

여섯 살 되던 해, 갑자기 내게 물었다.

"엄마, 아이들은 어떻게 해서 자기 엄마가 자기 엄마인 걸 알게 돼?"

"그거야 엄마가 말해 주니까 알지."

"글쎄, 그건 알겠는데 엄마가 만약 정말 엄마가 아닌데 엄마라고 말할 때는 아이가 어떻게 그걸 알 수 있어?"

아이는 안타까운 모양이었다.

어째서 그런 생각이 들었는지 모를 일이었다.

가족들이 함께 남편을 따라 미국으로 안식년을 지내러 갔을 때, 막내는 그곳에서 반년 동안 유치원에 다녔다.

우리가 미스터 키드라고 부르던 선생님은 큰 키에 몸매가 마른 내 상상 속의 성자 같은 분이었다. 발걸음은 경쾌하지만 목소리는 차분했던 미스터 키드는 우리 막내가 유치원에 들어설 때면 정중하게 인사를 하고 무릎을 굽혀 앉아 눈높이를 맞춘 후 진지하게 여러 가지 이야기들을 주고받았다.

그해 귀국하면서 막내는 반년 동안 우리나라 유치원에 다니게 되었다.

유치원에 갔다 온 첫날, 막내는 거기 가기 싫다고 말했다. 왜 그러냐고 했더니 아주 심각한 표정으로 자기를 아기 취급을 한다는 것이었다.

웃음이 터지려는 것을 참고 어떻게 얘기했느냐고 다시 물었더니, "어머, 네가 새로 온 아이구나. 차암 귀엽게 생겼구나. 씩씩하게 혼자 왔쪄요?" 이러면서 자기를 애 다루듯 하더란다. 그러면서 미스터 키드는 친구처럼 대해 주었다고 했다.

어쨌든 며칠이 지난 후에는 적응이 되어 더 이상 불만을 표시하지는 않았지만, 여전히 미스터 키드가 그리운 모양이었다.

결혼 전에 어머니를 여읜 남편은, 혼자되어 팔 남매를 기르느라고 고생하신 어머니 이야기가 나오면 늘 마음 아파했다. 일곱 누이들과 함께 결혼 전 세운 산소의 비석이 너무 작고 초라하다고 느꼈는지 큰 것으로 바꾸고 싶다고 했다. 나는 그 당시 애통한 마음으로 정성으로 세운 비석이라 바꾸지 않는 게 더 좋을 것 같다고 의견을 말했다.

마침내 철학자는 아이들에게 물어봐서 좋다고 하면 비석을 바꾸겠다고 최후통첩을 하자 막내가 한마디를 했다.

"아빠, 그런데요. 어떤 책에서 봤는데 불효자가 비석만 화려하대요."

가족들의 한바탕 웃음을 뒤로하고 비석 이야기는 어디론가 사라져 버렸다.

언젠가는 자기가 사고 싶은 자전거를 딱 점찍어 놓았다는 아이에게 나중에 커서도 탈 수 있게 성인용을 사는 게 어떠냐고 달래자, 막내는 잔뜩 볼이 부은 채 대답했다.

"내가 뭐, 꼭 크리라는 보장이 어디 있어."

아닌 게 아니라 자전거를 노상 일이 년밖에 타지 못하고 잃어버리는 통에 너무 큰 걸 사 줘 봤자 몸에 맞기도 전에 또 잃어버릴지도 모른다. 한번 제게 꼭 맞는 것을 사 주자고 마음먹고 제가 고른 걸 사 주었다. 아이는 아주 기뻐했다.

몇 달 후, 도서관에 갔다가 아끼던 자전거를 잃어버린 막내의 낙담은 너무도 컸다. 굵은 쇠줄로 묶어 놓았는데 그 쇠줄을 톱으로 자르고 누가 자전거를 가져가 버린 것이었다. 막내는 몹시 마음이 아픈지 밥도 잘 안 먹고 그 주위를 며칠이나 헤매고 다녔지만 없어진 자전거가 돌아올 리 없었다. 어느 날 밤 막내는 불쑥 철학자에게 물었다.

"그런데 아빠, 자전거 몇 대까지 잃어버리면 남의 자전거 집어 와도 돼?"

철학자는 아연실색을 하고 윤리적인 답을 해 주었다. 아무리 많이 잃어버려도 남의 것을 집어 오는 것이 허용되는 법은 없다. 그러자 아이는 볼멘소리로 대답했다.

"그건 너무 불공평해. 뭐, 그렇게 억울한 일이 어디 있어?"

아무튼 그 자전거는 찾지 못하고 이제 남이 눈독 들이지 않을 허름한 자전거를 하나 샀다. 세파가 아이 가슴에 멍을 들여 놓은 것이다.

그 후 아이와 함께 늘 가던 도서관 매점에 들렀을 때 일이다. 사람 좋아 보이는 매점 주인아주머니는 따로 오던 두 사람이 함께 나타나니 깜짝 놀란 모양이었다.

"어머나. 이 아이가 댁의 아드님이세요."

그녀는 나와 아이를 번갈아 보다가 말을 이었다.

"아유. 늦게 아이를 두셨나 보다. 고생스러우시겠다."

그것이 주고받은 대화의 전부였다. 그런데 도서관을 나와서 길을 건너려고 하는데 아까부터 잠자코 있던 아이가 불쑥 말을 꺼냈다.

"엄마, 아까 그 아주머니가 한 말에 두 가지 문제가 있는 거 알아?"

"그게 뭔데…."

나는 무심코 들은 이야기라 아무 생각 없이 되물었다.

"그건 말이야. 엄마 나이도 모르면서 늦게 아이를 두셨나 보다라니, 그럼 엄마보고 늙어 보인다는 소리 아냐."

그리고 신호가 바뀌어 길을 건너는 동안 아이는 더 말을 하지 않
았다.

　　"그래, 또 한 가지 문제는 뭐니?"

　　"그건… 고생스러우시겠다니. 알지도 못하면서."

　　아이는 속이 상한 눈으로 나를 올려다보며 근심스러운 어조로 물
었다.

　　"엄마. 나 때문에 정말 고생스러워?"

　　나는 그만 웃음이 터져 나올 것 같은 것을 참고
크게 고개를 흔들었다.

"아니, 무슨 소리냐. 너희들이 다 엄마가 사는 보람인데…."

그제야 아이는 안심이 되는지 더듬더듬 내 손을 잡았다. 어른들이 아이들을 염두에 두지 않고 무심하게 하는 이야기가 아이 마음을 몹시 상하게 한 것 같았다.

막내는 중학교에 들어간 후 철학자하고 같이 동네 뒷산에 올라갔다가 운동에 대한 이야기를 나누었다. 자기는 농구가 제일 좋고 농구할 때 제일 신이 난다고 이야기하니까 철학자가 말했다.

"그것도 좋지만 혼자 하는 운동도 좋지. 아버지가 늘 하는 검도 같은 운동도 좋고 말이야."

그러자 아이가 말했단다.

"그렇지만 그건 재미가 없어요."

그러자 철학자가 근엄하게 말했다.

"재미로 하는 게 아니야. 자기와의 싸움이지."

아이는 히죽 웃더니 대꾸했다.

"에이, 아빠도. 가만히 있는 자기하고 왜 싸워요. 밖에도 싸울 사람이 많은데요."

하긴 맞는 말이기도 하다.

'자신의 마음속에서 싸움을 시작한 사람만이 가치 있는 사람이다'라고 했던 로버트 브라우닝이 들었다면 깜짝 놀랄 이야기지만 말이다.

억압이 심한 시대에 청춘 시절을 보냈던 사람들은, 가족이나 사회가 바라는 것이 자기가 원하는 것과 너무 멀리 있기 때문에 끊임없이 자신과 싸워야 했을 것이다.

철학에 관한 막내의 의견은 대학에서 철학을 가르치는 아버지와 대학원생들이 함께 세미나를 하러 떠났던 당진의 시골집에서 그 절정을 이룬다.

　　시골집에서 아궁이에 몰려 앉아 군불을 때던 학생들 중 하나가 아버지를 따라 시골에 함께 온 막내에게 물었다.

　　"넌 이다음에 커서 뭐가 되고 싶니?"

　　아이가 대답했다.

　　"철학자가 되고 싶어요."

　　철학을 공부하는 학생들은 자기 편을 들어주는 것만 같아 두 눈을 빛내며 다시 물었다.

　　"어째서?"

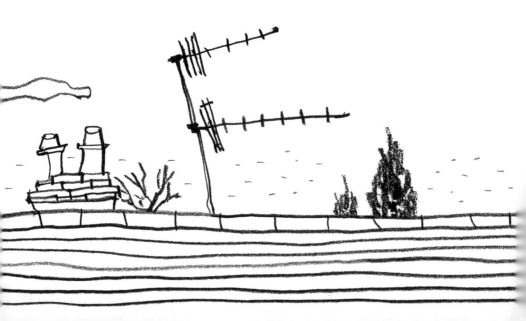

"… 제가 별달리 재주도 없고요. 개성도 없어서 그게 저한테 제일 잘 맞을 것 같아서요."

철학을 하는 데는 아무런 전제도 재능도 필요 없고 오직 굴하지 않는 자기 훈련과 진지한 사색의 성실만이 필요하다는 빈덴발트의 말이 떠올랐지만, 그다음 이야기는 여기서 하지 않는 것이 우리나라 철학계를 위해서 도움이 될 것 같다.

어쨌든 막내는 꼭 다잡아서 철학자를 만들어야 한다는 주위의 권유를 심심치 않게 듣고 자랐다.

그 영향 때문인지 '꼬마 철학자'라는 별명이 있었던 막내는 지금 철학을 공부하고 있다.

성우는
어디 있는
거지?

...   철학자의 손자

평생 소크라테스를 흠모해 온 철학자였다. 자신이 하고 있는 일이 진정 의미가 있고 올바른 일인지를 스스로 묻도록 사람들에게 권유해 온 것을 보면 알 수 있는 일이다.

그런데 철학자의 기량을 의심하게 되는 일이 일어났다. 첫 손자가 태어난 것이다. 아기를 안아 보고 바라보면서 마침내 철학자는 일생을 통한 객관성 추구를 뒤엎는 발언을 하였다. 즉 이 아이가 주관적으로 뿐만 아니라 객관적으로 보아도 귀엽고 특별한 아이임이 틀림없다고 선언을 하고 나선 것이다. 다행히 근엄한 학회에서 발표한 학설이 아니기 때문에 아기 사랑에 눈먼 다른 식구들과 사적인 수준에서 애매한 동의가 이루어졌다.

세 살이 지나자 아이는 자기 이름 다음에 아빠와 엄마 이름을 외웠다. 혹시라도 길을 잃어버릴 경우에 대비해 엄마가 열심히 가르친 덕이었다. 혀 짧은 어조로 자랑스럽게 말하는 명단에 끼어 보려고 철학자는 부단히 자신의 이름을 들려주고 있지만 아이는 지금도 마이동풍이다.

우리 가족이 다 아는 작가 한 사람이 서울에서 좀 벗어난 곳에 넓은 마당이 있는 단독주택에 살고 있다. 유달리 물을 좋아하는 손자는 커다란 돌확에 가득 담긴 물에 퐁당퐁당 돌을 던지며 놀 수 있어서 그 집에 가는 것을 아주 좋아한다. 그리고 집주인의 이름은 퐁당 이모라고 지었다. 그 집에 새로 온 강아지는 손자를 보더니 마구 뛰어서 따라오고 발끝을 맴돌더니 보통 사이가 좋아진 게 아니었다. 한참 놀다가 집에 갈 시간이 되자 손자가 말했다.

"나, 이 강아지 데리고 갈래."

때를 가리지 않고 놀라운 선언을 하곤 하는 것은 할아버지의 유전적 소인을 이어받은 탓이라고 볼 수 있겠다. 마침내 막무가내로 강아지를 데려가겠다고 고집을 부리는 아이에게 엄마가 차근차근 묻기 시작했다.

"이 집이 누구네 집이지?"

"퐁당 이모네 집."

"그럼 그 강아지는 누구네 강아지일까?"

"퐁당 이모네 강아지."

"그래, 그렇지?"

엄마는 여기서 회심의 미소를 짓고 마지막 질문을 던졌다.

"그렇다면 강아지를 갖고 가고 싶으면 누구한테 물어봐야 하지?"

물론 여기서 정해진 답은 퐁당 이모이다. 그러나 아이는 엉뚱하게 다른 대답을 했다.

"강아지한테요."

폭소가 터졌다. 하긴 맞는 말이기는 했다. 저도 좋고 강아지도 좋으니 이야기는 다 끝난 것인데, 쩨쩨한 어른들은 왜 이렇게 이유가 많은지 이해하기 난망하지 않을 수 없을 것이다.

이 이야기를 전해 들은 철학자는 그 독특한 사유의 방식에 기꺼워하면서 본인(혹은 본견)이 바라는 바에 초점을 맞추는 태도는 윤리적인 발상을 근거로 한다는 이론을 내세웠다.

손자와 특별한 관계를 유지하고자 하는 철학자의 눈물겨운 노력은 주위의 화제가 되었다. '나는 누구인가' 하는 철학적 질문은 '할아버지는 누구인가'라는 일반적 질문으로 바뀔 징조를 다분히 보이고 있다.

새로운 세상에 무한대의 호기심을 보이는 아이와 상호관계를 공정하게 펼쳐 나가는 것은 어려운 일이다. 아이들이 세상을 바라보는 방식은 극히 자기중심적이라서 상대방의 입장을 헤아려서 자기 욕구를 유보하거나 하기 싫은 일을 기꺼이 하는 등의 위선적인 태도를 취하는 법이 없다.

손자가 네 살이 되자 철학자의 애틋한 관심은 드디어 경지에 이르렀다. 아이가 장난감을 가지고 놀거나 독특한 질문을 할 때 하염없이 바라보면서 "그러니까 내가 꼭 이만할 때 아버지가 세상을 떠나셨으니 정말 기가 막힌 일이네." 하고 비감해하기도 했다.

얼마 전에는 아들이 손자에게 선물한 전동 기차가 말썽이 되었다. 방 안에 설치한 원형 기찻길에 기차를 올려놓고 신이 났던 손자는 달

리는 기차의 에너지 원천을 이루는 부분이 어디인지를 탐색하기 시작했다. 드디어 머리 부분에 동력이 존재한다는 놀라운 사실을 발견하고 그 부분을 다른 몸체와 분리해 내었다. 머리만 앞으로 달려가자 다른 동체들이 그 자리에 서 버린 것은 물리학의 이치이다.

마침내 손자는 기차 머리 부분만 종이 상자에 넣는 전대미문의 실험을 시작했다. 그러자 상자가 살아 있는 생물체처럼 움직이기 시작했다. 손자가 기뻐한 것은 말할 것도 없다. 까짓 정해진 궤도를 똑같은 자세로 무한히 도는 것보다 훨씬 재미있게 장난감을 사용할 방법을 발견한 것이다.

손자는 마침내 톡톡 튀면서 용틀임을 치는 상자를 할아버지에게 들고 와 재미있는 한순간을 나누려고 했다. 그러나 원래 세상의 이치와 궤도를 파악하고 있다고 자부하는 철학자가 보기에 기차의 머리가 해야 할 일은 다른 차량들을 이끄는 것이지 그렇게 상자 안에서 혼자 튀면서 고독하게 지내는 것이 아니었다.

"이렇게 하는 게 아니야. 자, 하부지가 보여 줄게. 이렇게 기차 머리를 꺼내서 궤도 위에 놓아야지."

철학자가 기차 머리를 구출해서 궤도 위에 있는 다른 차량 앞에 연결하자 기차는 은하철도 999처럼 어둠을 헤치고 궤도를 달리기 시작했다. 철학자는 인생의 진리를 가르쳐 준 데 흐뭇해했지만 문제는 아직 제도권에서 교육받아 본 경험이 없는 네 살 난 손자였다. 손자는 곧장 기차 궤도로 달려들더니 머리를 다시 떼어 내서 상자에 집어넣었다.

"그렇게 놀면 안 돼. 이 장난감은 말이야."

할아버지는 손자가 잠깐 놓아둔 상자를 열고 다시 기차 머리를 구출해서 궤도 위의 기차를 달리게 했지만, 다른 장난감을 갖고 놀다가 달려온 손자는 분기탱천해서 다시 기차 머리를 떼어 내서 상자 안에 넣어 들고 가 버렸다.

철학자의 규범에 대한 존중은 여기서 그만 심각한 손상을 입고 말았다. 기차라는 것은 궤도 위를 달려야 한다고 말하는 철학자에게 손자는 드디어 최후통첩을 내렸다.

"아니야. 그렇게 노는 거 아니야. 내 맘대로 노는 거야. 내 장난감이야."

마침내 며느리와 철학자의 아내는 철학자에게 의견을 개진하기 시작했다. 아이들은 자기식으로 즐겁게 놀고 있는 것이니 장난감을 부수는 것만 아니라면 내버려 두는 게 좋겠다는 것이 그 내용이었다.

사면초가에 놓인 철학자는 자기가 어렸을 때 이래라저래라 하는 아버지가 없이 자라나서 틀에 매이지 않은 상상력을 많이 지니게 되었다고 했다. 기차의 머리는 꼭 차량을 거느리고 달려야 한다는 사고가 상상력의 소산이라고 보기는 좀 어렵다. 그게 아니라 실상은 그동안 지녀 온 가부장적인 정서가 한몫을 한 게 아닌가 하는 의심이 드는 바도 있다. 우리나라의 가련한 가장들이 가족을 이끌고 달려가기를 그만두고 궤도를 이탈해서 혼자 놀기 시작한다면 문제가 확산될 것은 불을 보듯 뻔한 일이 아닌가.

하루는 놀러 온 손자와 집 앞 놀이터에 나갔던 철학자가 혼자 집으로 돌아왔다. 아이가 모래밭에서 모래로 집도 짓고 트럭 모양도 만들면서 놀고 있는데 날씨가 쌀쌀해져서 들어가자고 했더니 싫다고 한다는 것이다. 안 따라오면 혼자 들어간다고 했더니 끄덕도 않고 그럼 안녕히 가시라고 작별 인사까지 했다는 것이다.

꾸짖어 데리고 들어오면 된다고 어떠냐고 했더니 그렇게 하고 싶지는 않다고 했다. 영원한 구원과 사랑의 상징으로 남아 있고자 하는 심정을 더 건드리고 싶지 않아 아내는 놀이터에 나가서 손자에게 은근히 협박을 한 후 데리고 들어왔다.

철학자는 야단치지 않으면 감사의 마음을 지닌 손자가 모든 사람을 제치고 자신과 유일무이한 관계를 유지하리라는 망상에 한동안 젖어 있었다. 그래서 장난감 강아지 세 마리를 거느리고 손자와 복화술 실습까지 해 가며 대화를 나누고, 느닷없이 머리를 들이박는 호된 박치기도 웃고 참아 넘기며 어린 손자에게 완벽한 구원의 인간상으로 자리잡기를 희구했다.

그 덕분인지 손자는 철학자의 집을 방문할 때마다 '하부지'라고 외치며 만사를 제치고 문간으로 달려 나오는 할아버지와 활짝 웃으며 대면하는 밀월 기간을 가져왔다.

하지만 무정한 인생에서 인간관계에 대한 과도한 기대는 어느 순간에 깨어지기 마련이다. 손자는 드디어 다섯 살이 되어 유치원에 들어갔고 모든 남자의 첫사랑인 유치원 선생님에게 관심을 쏟게 되었다.

드디어 철학자가 전화를 걸어 "하부지는 준서가 너무나 보고 싶어요~"라고 사랑의 고백을 하는 도중에 손자가 유치원 선생님 이야기만 하다가 무정하기 짝이 없게 "그럼 끊어요!"라고 수화기를 내려놓는 일이 발생하기 시작했다.

그래도 은근과 끈기의 화신인 철학자는 단념하지 않고 있다. 이제는 전략을 바꿔 유치원 선생님에 관한 심도 있는 대화를 나눔으로써 손자와 유대관계를 공고히 하려고 고군분투하는 중이다. 유치원 선생님 이야기에 관심을 보여 주는 동안은 손자가 다른 데로 가 버리지 않고 이야기를 나누기 때문이다. 그 덕분에 온 일가친척이 유치원 선생님 이름을 외우게 되었다.

이제 손자는 자라나면서 누군가에게, 또 무언가 새로운 것에 관심을 갖게 될 것이다. 그 아이가 관심을 갖는 부분에 올인해야 관계가 유지되리라는 것을 마침내 깨달은 철학자는 손자의 새로운 관심사를 연구하고 접근하기 시작하고 있다.

상자에 집어넣은 기차 머리를 놓아두기며 유치원 선생님과 대결을 포기하고 공존하기 등의 과정을 통해, 철학자는 주관적 객관성이라는 인간의 문제에 대해 한 차원 더 높은 성찰에 돌입하게 되지 않을까 하는 기내들 주위 사람들에게 주고 있는 중이다.

유진에게

어떻게 지내는지? 오늘 아침에 네가
런던에 도착했다는 소식을 들었다.

사실은 어제 밤늦게까지
'아주 긴 편지'를 쓰려다가
잠이 들어서 임시저장해
두었는데, 이제 보니
사라졌기 때문에
다시 쓰는 중이다.

글은 사라졌지만,
편지 쓰는 마음도
편지의 한 부분임을
기억해 주기 바란다.

네가 결혼한 지 벌써
여러 날이 지났구나.
이제 축복의 황홀함이나
아련한 서운함,
희망찬 미래도
모두 너희들 손아귀에
쥐어진 것이지.

네가 파곤을 처음
데려와서 소개하던 날이
떠오른다.

어렸을 때부터 늘 아빠
같은 사람이 이상형
이라고 말해 와서 그것만
철석같이 믿고 살아왔는데,

너한테 속았다는 것을 그날 알게 되었지.
나와 완전히 다른 타입의 남자를 데려고 왔더구나!

나는 파콘이 좋다. 그것은 파콘이라는 사람
자체의 순수함과 매력 때문이기도 하지만,
네가 좋아하는 사람이기 때문이기도 하다.
네가 어렸을 땐, 어떤 사람을 데려오든 반대할
거니까 아무나 데려와도 된다고 농담처럼
말했는데, 사실은 네가 데려오는 사람을 믿었을
것이다. 너는 네 자신을 잘 이해하고 있으니까,
너의 삶에 어울리는 사람을 선택했을 것이다.

이 결혼은
절대 안 돼!

(오빠의 아들.
당시 일곱 살)

고모는 나랑
제일 친한데,
결혼해서 아이라도
낳으면 나는 완전
잊어버릴 거라구!

나의 생각이 어떻든, 이 결혼이 이루어질 수 있었던
것은 준서가 이 결혼을 허락했기 때문이다.
준서는 여러 가지 이유로 이 결혼을 반대해 왔지만,

준서는 너와 파콘이 출국하는 공항에서

라고 했지만 정작 자신이 새로 늘어난
가족 구성원이라는 것은 모르고 있는 듯하더구나.

너희를 배웅하고 돌아오는 길에
우리는 네 생각을 하며 많은
이야기를 나누었단다.

얼마 지났는데
'유진상가'라는 건물
이층에 '유진 이발'이란
간판을 본 준서는

저기 봐. '유진 이별'이라고
쓰여있어...

라고 하며 시무룩해져서 모두 한바탕 웃었지.
준서는 온통 고모 생각만 하고 지내는 모양이더라.

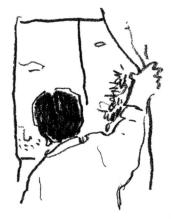

이번 주말에는 막내네도
떠난다. 한동안 집안뿐
아니라 마음도 텅 빈 공황
상태가 되어 있겠지.
하지만 또 어디선가 한결
성장한 모습으로 돌아와
만날 수 있을 테고, 그런 게
결국 삶의 모습이라고 할 수 있겠지.

모쪼록 다시 만날 때까지 건강하고 즐겁게,
그리고 의미 있게 지내기 바란다.
파콘에게 각별히 안부 전해 주기 바란다.
안녕히.

아빠가.
2012. 9. 10.

149

즐거운 인생

... 철학자의 잔치

일전에 철학자들의 모임에 갈 기회가 있었다. 문예가 함께하는 즐거운 모임이었다. 원로 철학자의 팔순을 기리는 이 모임에서, 여러 사람의 축사가 있은 후 타는 듯한 붉은색 드레스를 입은 성악가가 앞으로 나섰다.

그녀는 〈선구자〉를 부르고 나서 〈하바네라〉를 불렀다.

사랑에 대해서는 누구보다도 잘 알고 있다고 믿는 정열의 여인 카르멘의 노래는 매혹적이었다.

사랑은 들에 사는 저 새와 같이 자유로워서

길들이려고 하여도 도무지 되지 않는다.

다만 내 마음이 움직여 내가 사랑할 뿐

따라오면 도망치고 싶어지고 멀어지면 다가가고 싶은 이 마음

사랑의 복잡한 속성을 이렇게 단순하고 절묘하게 표현해 내기도 어려울 것이다.

무엇이 이토록 강한 힘으로 사람을 휘두르는 걸까. 우리는 운명에 맞서 싸울 아무런 힘도 지니지 못한 무력한 존재일까? 사람들은 그 의문에 답해 보려고 절망에서 우리를 일으켜 세우는 사랑과 삶의 의미에 관한 글을 쓰는 것이 아닐까.

참석한 사람들은 숨을 죽이고 그녀의 노래에 귀를 귀울였다.

생각에 잠긴 철학자들의 모습에 어쩐지 우수가 깃드는 것 같았다.

원시인들이 짐승을 잡아 잔치를 벌이며 흥겨워하고 있을 때, 혼자 동굴을 걸어 나와 석양이 기울어 가는 저 벌판 너머를 이해할 수 없는 슬픔에 잠겨 바라본 사람이 최초의 철학자였을지도 모른다. 아마 그는 생각했을 것이다.

'나는 어디에서 왔고 죽은 다음엔 어디로 가지? 산다는 것은 무엇일까.'

정열적인 카르멘의 아리아는 잔잔했던 철학자들의 모임에 활기를 불어넣었다.

철학자들도 그날만큼은 모든 논쟁을 접어 두고 소년들처럼 단순한 즐거움에 순순히 빠져드는 기색이었다. 쏟아지는 앙코르에 파묻힌 그녀는 이어서 붉은색의 강렬한 채도가 빠져나간 차분한 가곡 〈은발〉을 불렀다.

젊은 날의 추억들이 헛된 꿈처럼 사라지고 윤기 흐르던 머리에 안개처럼 내리는 은발의 모습을 노래하는 정경 속에서 좌중은 조용

해졌다.

이제 외길을 걸어온 노철학자의 팔순 잔치의 정경은 석양빛에 다시 잠기는 듯했다.

문득 술이 거나해졌던 어느 잔치에서 단단하지만 우수에 찬 곡조로 노래하던 친척 한 사람이 떠올랐다.

이 산 저 산 꽃이 피니 분명한 봄이로구나.

봄은 찾아왔건만 세상사 쓸쓸허더라.

나도 어제 청춘일러니 오날 백발 한심허구나.

내 청춘도 날 버리고 속절없이 가 버렸으니

왔다 갈 줄 아는 봄을 반겨 한들 쓸데 있나.

그의 구성진 창 가락은 온 방 안을 채우고 흘러넘치며 메아리쳤다.

인간이 모두 팔십을 산다고 해도 병든 날과 잠든 날,

걱정 근심 다 제하면 단 사십을 못 사는 인생,

아차 한 번 죽어지면 북망산천의 흙이로구나.

사후 만반 진수는 불여 성전의 일배주라 허느니라.

세월아, 세월아, 세월아 가들 말어라.

아까운 청춘들이 다 늙는다.

지그시 눈을 감고 창 가락을 따라가는 그의 모습은 사십을 훌쩍

넘어가는 삶의 고달픔을 닳을 듯이 전해 주었다.

〈은발〉의 곡조 위로 포개지는 상념에 사로잡혀 있는 동안 노래가 끝났다.

노철학자는 일어서서 흥겨운 한마디를 보내었다.

노세, 노세 늙어서 노세, 죽어지면 못 노나니.

사람들의 웃음이 터져 나왔다.

노철학자는 답사에서 말하기를 결혼이나 회갑, 이런 날들이 원래는 축하할 날들이 아니라고 했다. 그런데도 사람들이 축하하느라고 법석을 떠는 것은 아마도 결혼으로 인해 고생이 시작되는 것이나 육십이 지나 죽음이 가까워 오는 것에 대한 슬픔을 슬쩍 얼버무리기 위한 것 같다고.

삶이 곧 죽음이요, 죽음이 곧 삶이라는 말을 아주 쉽게 풀이하자면 다음과 같다는 것이다. 인생에 한 선을 그어 칠십이라고 한다면 십 년 살면 십 년을 죽은 것이요 이십 년을 살면 이십 년을 죽은 것이니, 사는 것이 곧 죽는 것이 아니냐는 이야기였다.

하기야 장례식장에서는 활기찬데 결혼식장에서는 어쩐지 좀 울적해진다는 사람도 있다. 장례식은 이제 고통의 끝이라 축하할 일이기도 하지만 결혼식은 고통의 시작인데 무슨 축하할 일이냐는 것이다.

다른 원로 철학자 한 사람은 젊음과 나이 듦은 모두 다른 빛깔을 가지고 오는 인생의 선물이니, 나이, 몸무게, 키 등에 해당하는 숫자들

은 의사에게 떠넘기라고 했다. 그런 이유로 우리는 의사에게 돈을 지불하는 것이므로. 그는 재미있는 이야기 몇 가지로 모두를 폭소에 빠지게 했다.

맛있는 음식과 술과 음악과 담화, 그리고 덕담으로 이어진 잔치 자리를 파하고 나오는 길에, 창을 부르던 사람의 사철가 마지막 구절이 늦가을의 어두운 하늘 위로 메아리쳐 들려오는 듯했다.

인생이 한 마당의 잔치인 것처럼 느껴졌다.

......

국곡 투식허는 놈, 부모 불효허는 놈과 형제 화목 못 허는 놈
차례로 잡아다가 저세상으로 먼저 보내 버리고
나머지 벗남네들 서로 모여 앉아
한잔 더 먹소, 둘 먹게 허면서
거들렁거리고 놀아 보세.

158

...　시인과 철학자

한때 철학자는 시를 쓰고 싶어 한 적이 있다.

　　혼자 습작을 시도한 첫 번 단계가 주부와 술부를 바꾸어 보는 것이다. 우리 세대 국어 교과서의 시에 관한 글이 지금도 정다운 기억으로 남아 있기 때문이다.

　　"할머니가 보내셨구나, 이 많은 감자를…"

　　이렇게 시작하는 시에 대한 구구절절한 설명 중에 지금도 기억나는 것은 "할머니가 아주 많은 감자를 보내셨다"라고 쓰면 서술문은 되지만 시는 되지 않는다는 점이었다.

　　마침내 파블로 네루다의 「시(時)」라는 시는 그의 마음을 송두리째 뒤흔들었다.

　　그러니까 그 나이였다… 시가

　　나를 찾아왔다. 나는 모른다, 어디서 왔는지

모른다, 겨울에선지 강에선지
언제 어떻게 왔는지도 모른다.
아니다, 목소리는 아니었다. 말도,
침묵도 아니었다.
하지만 어느 거리에선가 나를 부르고 있었다.
밤의 가지들로부터,
느닷없이 타인들 틈에서,
격렬한 불길 속에서,
혹은 내가 홀로 돌아올 때,
얼굴도 없이 거기에 지키고 섰다가
나를 건드리고는 했다.

이어지는 시에 나오는 구절처럼, 스며드는 시혼의 방문을 애타게 기다려 보던 철학자는 파블로 네루다가 실제 모델인 영화 〈일 포스티노〉의 우편배달부처럼 시인이 찾아보라는 '메타포레'를 찾아 나서기도 했다. 바닷소리, 나뭇잎 스치는 소리, 물결 소리 등등.

언덕길을 돌아온다, 우마차가….
지는구나, 가을 낙엽이 오늘도….

이 습작의 치명적인 문제는 주부와 술부를 바꾼 시의 한 구절을 내어놓을 때마다 온 가족이 웃음바다가 된다는 점이었다.

마침내 몇 년 전 산에 함께 올랐던 후배 시인이 철학자의 시 습작 구절을 듣더니 한마디로 진단을 내렸다.

"선생님, 시인이 되는 건 단념해 주십시오. 그저 훌륭한 철학자로 저희들 곁에 남아 있어 주십시오."

이 충격적이고 정직한 진술을 기점으로 철학자는 시인의 꿈을 접은 듯하다. 아름다운 시에 대한 예찬은 더욱더 높아졌지만, 시인을 자기와 다른 길을 가는 사람들이라고 바라보기로 한 것이다.

플라톤의 말대로라면 시인은 그저 신의 음성을 받아 아름다움을 읊조리는 사람이며, 철학자야말로 그 의미를 이해하고 음미할 수 있는 사람이라며 스스로를 위안해 보기도 했다.

얼마 전 외국에서 오랜 세월을 보낸 후 귀국한 시인과 함께 나들이를 한 적이 있다. 철학자는 어떻게 해야 그렇게 아름다운 문장들을 만들 수 있는지 궁금하다는 이야기를 하고, 시인은 마음에서 우러나는 시의 세계를 이야기하면서 두 사람은 많은 대화를 나누었다. 주부와 술무를 바꾸어 써서 시를 시작해 보려다가 후배 시인에게 직언을 들었다는 이야기를 듣고 시인은 파안대소를 했다.

철학자와 시인은 푸른빛으로 물든 가을하늘 아래를 걸으면서 시와 철학에 관해 즐거운 담소를 나누었다. 철학자는 그 시인의 시를 가끔 자신의 글에 인용한 적이 있는 터였다.

그날은 철학과 시와 가을이 함께 녹아들어 참 좋은 가을 하루가 되었다.

삶 자체가 저절로 시가 되는 것만 같았다.

집에 돌아온 철학자는 그 시인의 시를 다시 읽었다.

그림 그리기를 시작했다.
겨울같이 단순해지기로 했다.
창밖의 나무는 잠들고
형상(刑象)의 눈은
헤매는 자의 뼈 속에 쌓인다.

항아리를 그리기 시작했다.
빈 들판같이 살기로 했다.
남아 있던 것은 모두 썩어서
목마른 자의 술이 되게 하고
자라지 않는 사랑의 풀을 위해
어둡고 긴 내면의 길을
핥기 시작했다.

마종기 시인의 시집을 들고 한동안 묵묵히 앉아 있던 철학자는 오
래 돌아보지 않았던 이젤을 꺼내서 앞에 펴 놓았다. 그리고 그림을 시
작하는 첫 번 획을 붓으로 그었다.

... 철학자와 봉봉

여름 더위가 아직 기승을 떨치는 늦여름에 이웃에 사는 친구의 전화를 받았다. 물러가지 않는 더위에 대해 서로 푸념을 나눈 다음 그녀가 말했다.

"그런데 나 말이야. 철학교수님이 네가 얘기한 대로 작은 오리들까지 그렇게 사랑한다면 강아지를 너희 집에 주면 어떨까 하는 생각을 했거든."

그녀는 '봉봉'이라는 일년생 아메리칸 코커스패니얼을 지금 데리고 있는데, 원래 주인인 후배가 도저히 더 이상 기를 수 없어 새 주인을 찾아 달라고 맡기고 갔다고 했다.

조건은 뛰어놀 수 있는 뜰이 있고 진심으로 사랑해 줄 주인이 있어야 한다는 것뿐이라고 했다. 며칠 후 철학자와 함께 그 집에 선을 보러 갔다.

중간 크기의 봉봉은 흰색과 밤색이 섞인 털에 긴 귀가 너풀거리는

모습이 아주 개구쟁이처럼 보였다. 철학자는 첫눈에 개가 썩 마음에 드는 모양이었다.

친구와 우리는 일사천리로 합의에 이르러 오는 길에 봉봉을 차에 실고 왔다. 봉봉은 프랑스어로 '좋아, 좋아'라는 뜻이라나.

첫날부터 봉봉은 집 안에 활기와 골칫거리를 함께 몰고 왔다.

온 집 안을 헤집고 다니며 소파나 의자에 휙휙 뛰어오르는 폼이 거의 높이뛰기 선수 수준이었다. 집 안은 순식간에 웃음소리와 야단치는 어조가 섞인 봉봉을 부르는 소리로 가득 찼다.

친구에게 이럭저럭 얻어들은 이야기에 의하면 지방에 사는 원래 주인이 봉봉을 너무 아끼는 바람에 남편과 아이들이 개 알레르기가 있는데도 일 년이나 버티었다고 한다. 그래서 서울에 올라올 때마다 봉봉을 비행기에 태우고 와서 친구 집에 며칠 맡겨 놓았다가 다시 데려가고는 한 모양이었다.

사냥개인 코커스패니얼의 특성은 온순하지만 장난기가 많고 어마어마하게 달리기를 좋아한다는 점이다. 봉봉의 전 주인은 있는 정성을 다해 개를 돌보았지만 이 개의 유전자가 원하는 바를 채워 주지는 못했던 셈이다. 내가 만약 봉봉이라면 상자에 담겨 비행기를 타고 다니며 낯선 집에 며칠씩 갇혀 있는 식의 사랑을 받기보다는 덜 안전하더라도 자유롭게 달리며 살고 싶을 것 같았다.

그런데 새집에 온 봉봉은 뜰에 잠깐 나가는 것은 아주 좋아했지만 그곳이 자기가 지낼 장소라는 생각은 조금도 없는 듯했다. 이제 이 녀석을 잘 달래서 밖에 내어놓아야 하는데 저절로 한숨이 나왔다. 자기가 사람인 줄 알고 있는 개를 뜰에 내놓는다는 것은 거의 불가능한 일이라는 생각이 들었다. 아닌 게 아니라 뜰에 내놓은 첫날 봉봉은 목숨을 걸고 저항했다. 며칠 동안 온 식구가 들러붙어 뜰에 나가 달래고 맛있는 걸 주고 밖에 데리고 나가 실컷 뛰게 하고… 별별 서비스를 다 해 겨우 조금씩 적응이 되어 가려는 순간 말썽이 터졌다.

비가 오기 시작했던 것이다.

비라는 걸 맞아 본 적이 없는 봉봉은 누군가 자기에게 물을 뿌리는 것이라고 생각했는지 보통 화가 난 것이 아니었다. 자기가 움직이는 대로 물뿌리개가 따라오는 판이니 그럴 만도 했다.

더구나 가는 날이 장날이라고 바로 그날이 외국 철학자 부부와 다른 부부들을 초대한 날이었다. 봉봉도 이제 제법 뜰에 적응이 되었으리라고 안심했던 게 오산이었다.

거실에 앉은 사람들이 다 배심원으로 보이는지 봉봉은 개집에 갇혀 있기를 거부하고 뛰쳐나와 손님들이 들여다보이는 거실 유리문을 긁어 대면서 새 주인의 가혹함에 대해 탄원하기 시작했다. 묶어 놓았더니 처음에는 애처로운 강아지 소리를 내다가 갈매기처럼 끼루룩끼루룩 소리를 내다가 나중에는 병아리처럼 삐약거리기까지 했다. 정말 가관이었다.

마침내 손님들과 대화를 나누어야

하는 철학자만 빼놓고 온 식구들이 교대
로 봉봉을 데리고 비 오는 동네를 이리저
리 돌아다녀야 했다. 좀 지쳐서 자려니
하고 데리고 들어오면 유리문에 붙어 서
서 또다시 여러 가지 새소리를 내는 판이
었다. 이제 비를 맞아 온몸이 더러워지고
진흙투성이가 되어 버려서 들여놓을 수
도 없었다. 손님들에게 몸을 비비면서 진흙을 묻혀 놓을 것이 뻔했기
때문이다.

손님들은 재미있다고 웃어 댔지만 우리로서는 기가 막힌 일이었
다. 봉봉의 입장에서는 이렇게 인간들이 많이 모여 있는데 비 오는 날
자기를 밖에 내버려 둔다는 것은 인륜에 어긋나는 만행으로 생각되는
모양이었다. 달래도, 야단을 쳐도, 맛있는 고기를 주어도 자기는 안에
있어야 한다고 부르짖는 봉봉을 진정시킬 방도가 없었다.

요컨대 이 녀석은 세상에서 산 일 년 동안 개로 사는 훈련을 거의
받지 못했던 셈이다.

봉봉을 너무도 사랑한 전 주인은 이 개를 귀여워하고 보호하는
것이 제일 중요했기 때문에 이 녀석이 여생을 개로 살 수밖에 없다는
것을 잊어버렸나 보다. 크게 혼을 내어주고 싶은 마음을 애써 감추면
서 손님을 치르는 동안 이웃에서는 개 좀 조용하게 시켜 달라고 인터
폰으로 전언까지 보내왔다. 점입가경이었다. 지식인들을 초대해서 우
아하고 교양 있는 인생의 포즈를 취해 보려던 야무진 꿈은 무산되어

버렸다. 손님들이 돌아간 한밤중에 비에 젖은 봉봉을 목욕시키고 집 안에서 재웠다.

상대방의 입장에 서서 그에게 가장 좋은 것을 주는 사랑과 내 입장에 서서 내가 가장 좋다고 생각하는 것을 상대방에게 주는 사랑이 있다는 이야기를 곰곰이 생각해 보게 하는 사건이었다.

결혼 문제를 의논하러 오는 사람들은 자기는 배우자가 원하는 걸 다 해 주고 있는데 뭐가 불만이냐는 이야기들을 많이 한다. 내 생각을 위주로 한 배려와 진정한 배려에 차이가 있다면, 상대방이 진심으로 원하는 것이 무엇인가를 경청하고 있는가 그렇지 않은가 하는 점일 것이다.

어떤 것이 정말 도움이 되는 사랑일지에 대해 많은 고민을 했다.

이제 봉봉은 뜰에 익숙해져서 철학자하고 함께 뛰어다니고 장난도 치며 잘 논다.

밖에 나가면 다른 개들하고도 잘 어울리고 철학자가 이름을 부르면 휘파람 소리가 날 듯 신이 나서 달려온다. 자기 유전자가 시키는 대로 원도 없이 달릴 기회가 생겼기 때문이다.

애정이 지극했지만 너무 늦기 전에 갇힌 방에서 놓아준 전 주인의 집에 대해 봉봉은 어떤 기억을 지니고 있을까?

미루는 2014년 3월부터 철학자와 가족이 된
골든 리트리버입니다.

... 철학자와 스포츠

스포츠에 관한 철학자의 열광은 거의 프로 수준이다. 국제 스포츠 TV 중계를 아무리 이른 새벽에라도 시청하는 것은 물론이고 그 결과에 따른 감격과 통한을 가족들에게 전하느라고 게임 이후에 바쁜 것은 말할 것도 없다.

미국 유학 시절, 세계적으로 유명한 농구선수 매직 존슨이 그 학교의 수전 선수였고 우리가 살던 해인 1979년에는 그 팀이 국내 리그의 정상을 차지했다. 결승전에서 승리하던 날은 모든 맥줏집이 무료로 술을 쏟아내고 사람들마다 길거리로 뛰어나와 서로 얼싸안고 환호했다. 한국 유학생들도 모두 거리로 쏟아져 나와 환성을 지르며 기뻐했다. 인종도 나이도 성별도 다 사라진 곳에 승리의 기쁨만 넘쳐흘렀다. 지금도 철학자는 그 농구 리그를 따라가면서 보느라고 학위 취득이 한 학기는 늦어진 것 같다고 실토하고 있다.

거의 30년 전(1980년대 초) 올림픽 경기를 미국에서 보는 것은 감질나고 분통 터지는 일이었다. 한국은 번번이 지기만 하는 데다 한국 경기는 TV에서 보여 주지도 않았다. 철학자는 한국이 졌다는 소식을 듣거나 지는 장면을 잠깐 보기만 해도 보통 열이 나는 것이 아니었다.

어느 날은 내가 집에 돌아오니까 철학자가 오늘 우리가 금메달을 세 개나 땄다고 전했다. 그럴 리가 없어서 어떻게 된 거냐고 물어보니까 아나운서가 미국을 우리나라라고 자꾸 말하기에 미국이 우리나라인 셈 치고 관전을 했더니 우리나라가 세 개나 금메달을 따게 되었다는 것이다. 그러더니 "아, 그런데 왜 이렇게 노력을 해도 기분이 안 나지." 하고 새삼 분통을 터뜨렸다. 아무리 우리가 있는 나라를 우리나라라고 생각하려고 해도 안 된다는 것이 그 울분의 골자였다. 몇십 년을 묵은 애국심이라는 정서가 하루아침에 다른 나라로 옮겨 가는 것이 미상불 어려운 일이기는 할 것이다.

운동경기를 어른들의 공놀이 정도로 여기고 좀처럼 흥분이 되지 않는 아내에게 그토록 세심하게 모든 경기의 룰을 가르쳐 줘도 별무소용이니 그의 비탄은 대부분 이해받지 못하고 사라지는 셈이다.

『수호지』에 나오는 고구라는 위인은 공 하나를 잘 다루는 덕분에 마침내 높은 벼슬에 올라간 후 여러 가지 못된 일을 저질러 사람들의 의분을 불러일으키는 견인차 역할을 하고 있다. 축구건 야구건 골프건 공의 크기는 다르지만 공 하나를 잘 다룬다는 이유로 그렇게 많은 돈을 받아야 하는 건지 나는 아직도 조금은 회의적이기는 하다.

어쨌든 2002 월드컵 축구 경기가 우리나라에서 열리는 동안 철학자는 경건하게 붉은 티셔츠를 입고 도를 닦는 자세로 경기를 관전하고

는 했다. 우리나라 선수들의 몸짓과 승부에 일희일비하는 그 기쁨과 낙담을 측정해서 애국심을 알아내는 음주운전 측정기 같은 것이 있다면 철학자의 애국심은 선두를 달릴 가능성이 높다.

그가 아내를 가르쳐서 스포츠의 기쁨과 슬픔을 나누어 보려는 피눈물 나는 노력을 한 덕분에 게임의 룰을 나도 대강 배우게 되었다. 월드컵 기간에 아내가 보여 준 관심과 흥분에 철학자는 흐뭇했다.

"여보, 이 페널티킥 앞에 홀로 서 있는 골키퍼야말로 일생일대의 어려움 앞에 홀로 선 인간의 실존적 고독을 보여 주는 거라니까? 이 상황에 이르기까지 직접 저지른 잘못이 없는데도, 팀의 운명을 좌지우지하는 순간의 책임을 홀로 걸머지게 되는 거지. 다른 누구도 도울 수 없는, 완전히 혼자가 되는 순간이야!"

스포츠 룰을 통해 드러나는 인생의 메타포를 모든 공력을 다해 설명한 노력으로 이제야 아내를 개과천선을 시켰나 보다 하던 철학자의 기쁨은 월드컵 열광의 뜨거운 여름이 지나가자마자 무산되어 버리고 말았다.

저 공이 얼마짜리기에 다 큰 어른들이 반바지만 입고 공을 하나 차지하려고 저렇게 미친 듯이 뛰느냐고 말했던 나의 농담 한마디는 철학자가 스포츠에 문외한인 아내와 사는 것이 얼마나 힘든 것인지 하소연할 때 주 예시로 쓰이고 있다. 거기에 덧붙여서 내가 공 한 개를 더 넣어 주어 서로 자기 영역에서 즐겁게 놀도록 하는 게 어떠냐는 아이디어까지 내놓았으니 더 말해 무엇하랴.

한국과 브라질의 친선 경기 때 마지막 한 점을 중국 심판의 페널티

킥 판정 때문에 내어주게 되자 철학자의 낙담과 분노는 하늘을 찌를 듯했다. 골대 앞에서 뒤엉켜 넘어지는 선수들이 어떻게 하다가 그렇게 되었는지 TV에서 슬로 모션으로 보여 주지만 심판의 괴로움은 그런 최첨단 기계의 도움 없이 절체절명의 결정을 내려야 하는 데 있을 것이다.

이런 상황은 인간관계의 심각한 불화와도 유사한 점이 있다. 인생의 길에서 함께 뒤엉켜 넘어졌는데, 진정한 피해자는 자기라고 우기는 사람들 틈에서 제3자가 객관적인 판단을 하기는 심히 어렵기 때문이다. 심판하지 말라, 판단하지 말라는 원칙이 상담자 수칙에 어김없이 나오는 이유가 바로 여기에 있다.

그러나 실제 상황에서 중요한 점은 어쨌든 인생이 계속되어야 하듯이 경기도 계속되어야 한다는 점이다. 심판의 판정에 절대 따르도록 룰을 정한 이유는 공이 그어 놓은 선 밖에 떨어졌는지 선 안에 떨어졌는지 빨리 결정을 내려야 하는 순간이 있기 때문이다. 격렬한 시소게임에서 심판 판정 시비가 붙는 이유도 절대 진리를 과연 심판이 올바로 알아낼 수 있을까 하는 의구심 때문이다. 인간관계에 관한 학문들이 발달하고 내면의 분석도 정밀해진다고 해서 그것으로 인간의 행복이나 불행이 해결되지 않는다는 점과 유사하다고 볼 수 있다.

아무튼 스포츠를 관전하는 철학자는 스토아 철학에서 내세우는 평정심과 객관성을 다 어디론가 보내 버리고 엑스터시 상태에 들어가는 것이다. 고백하건대 내가 운동경기 때 우리나라가 이기기를 바라는 큰 이유 중에 철학자의 낙담과 분통 때문에 자신이 하는 일에 차질이 없기를 바라는 바도 적지 않다.

올림픽 경기장에서 태극기가 올라가고 애국가가 울려 퍼질 때 피눈물 나는 고비를 넘겨온 선수의 눈에 그렁그렁 눈물이 고이고 철학자의 눈에도 눈물이 고인다.

이래저래 철학자는 어떻게 그렇게 스포츠에 열광할 수가 있느냐는 다른 철학자들의 질문을 받을 때가 많다. 마침내 철학자는 「스포츠의 철학과 가치론」이라는 진지하고 학술적인 글을 쓰기도 했다.

'놀이하는 인간'의 차원에서 스포츠를 '놀이'로 본다면 철학자에게 스포츠가 어떤 의미에서 즐거운 놀이로 작용한 것은 사실일 것이다. 현대인들의 즐거운 놀이 중에 철학자가 선호하는 것은 매우 드물기 때문이다. 철학자의 클래식 음악에 대한 선호는 거의 마니아의 경지에 이르렀지만 노래방 문화는 기피 종목 제1호이다. 그럼에도 보통 관심이 많은 게 아니지만 동양화의 원조로 불리는 화투에 대해서는 전혀 아는 바가 없다. 화투 치고 노래방에서 한 곡 뽑은 후에 찜질방에 누워 전국노래자랑을 보면서 한국인의 한 많고 흥겹고 오기 만만하고 화끈한 정서를 즐기는 놀이 방법은 철학자의 사전에 없다.

나는 전국노래자랑을 즐겁게 보는 편이다. 그 프로그램에야말로 진짜 한국 사람들이 등장하는 것 같은 느낌이 들기 때문이다. 각 지방에 사는 사람들의 흥겨움이며 애환을 보는 것도 즐겁고 재미있다.

지금도 두 사람의 대화는 여전히 평행선을 달린다.

"어떻게 스포츠 경기가 재미가 없을 수 있을까."

"어떻게 전국노래자랑이 재미가 없을 수 있을까."

그나마 다행스러운 일은 우리 집에 TV가 두 대 있다는 사실이다.

... 철학자의 서재

미국에서 첫아이를 낳은 후 철학자는 공부할 곳이 없었다. 결혼 초기에는 작은 거실과 침실 사이에 있는 옹색한 옷장 앞 허리 높이에 나무 판자를 일자로 고여 놓은 후 책상으로 한동안 사용했다. 그런데 아기가 태어나서 시도 때도 없이 울어 대는 통에 집 안은 전혀 공부할 분위기가 되지 못했다.

대학원생 신분이라 학교에 연구실이 있는 것도 아니고 막대한 분량의 책을 다 들고 도서관에 드나들 수도 없어서 미상불 고민은 고민이었다.

해결책을 찾다가 철학자에게 섬광처럼 들어온 아이디어가 그 아파트 지하 빨래방과 붙어 있는 창고 비슷한 장소를 빌려 쓰는 것이었다. 나이 든 백인 여자 관리인은 흑인이 주 세입자인 아파트에서 이런 괴상한 부탁을 들어 본 적이 없기 때문에 처음에는 난색을 표시했다. 아마 다른 이웃들이 그런 부탁을 했으면 모여서 마약이라도 피우려는 줄 알고 결사반대를 했을 것이다.

그렇지만 철학자는 말썽을 부리지 않는 조용한 세입자였기 때문에 빨래하는 다른 사람을 방해하지 말라, 문을 따로 달아 줄 수는 없다, 쥐가 생기니까 거기서 절대로 음식을 먹어서는 안 된다 등등의 여러 가지 까다로운 조건을 내세운 후 허락해 주었다.

철학자는 창고 비슷한 그곳에 주워 온 헌 책상과 책장, 책들을 가져다 놓고 자기만의 서재를 꾸미게 되었다. 낮이면 빨래 기계 돌아가는 소리며 드라이어 소리가 정신이 나가게 시끄러웠지만 밤에는 빨래하는 사람들이 적었기 때문에 그 지하실은 그런대로 쓸 만한 서재가 되어 주었다.

그곳은 디트로이트 도심 한복판에 가난한 이들을 위해 세운 낡은 아파트였는데 우리가 입주하기 바로 전 정부에서 새로 짓다시피 보수를 한 곳이었다. 나중에는 한국 사람들도 몇 세대 입주했지만 처음에는 거의 흑인 일색이었다. 워낙 험악한 사건들이 일어나는 시내에서 가까운 탓이었다.

바로 앞집 흑인은 주말이면 아파트 전체가 떠나가라고 음악을 틀어 놓고는 파티를 열었다. 조금만 조용히 해 달라고 주민들이 몇 번 문을 두드리며 항의를 하자 아예 문 앞에 팻말을 걸어 놓았다. '제발 방해하지 말라'는 표지판이었다. 이쯤 되면 누가 누구를 방해하는지 심각한 철학적인 해석이 필요한 시점에 이르렀다고 볼 수 있다.

아닌 게 아니라 그들은 노래하고 춤추며 행복한 인생을 최대한으로 즐기고 있는데 사는 게 뭔지 모르는 답답한 인간들이 방해를 한다는 관점에서 철학적으로 관조했을지도 모른다. 그러나 그 시끄러운 음악 소리를 방해하지 못하고 바로 문 앞에서 들어야 하는 우리 입장에서는 죽을 지경이었다.

이런 형편이라 그는 점점 더 서재에서 지내는 시간이 많아져 지하 창고 서재는 곧 아파트의 명물이 되었다. 흑인 입주자들은 빨래하러 내려올 때 그곳에 들러 그에게 인사도 건네고 콜라며 과자도 사다 주고는 했다. 어떤 사람들은 윗옷을 벗으면서 계단을 내려와서 그 옷 한 벌만을 세탁한 다음에 드라이어에 넣고 말려서 그대로 입고 외출하기도 했다. 그들은 지하실 구석에서 공부하는 신기한 철학자를 대체로 아주 호의적인 태도로 대해 주었다.

이곳에 사는 흑인들 중에 소문에 듣기로는 마약이며 범죄에 관련된 범법자들도 있다고 했지만 이 사람들은 힙한 멜로디가 입에 붙어 있고 걸음걸이가 그대로 춤이 되는 낙천적인 기질을 지니고 있었다. 내가 아기를 안고 짐 때문에 쩔쩔매면 선뜻 짐을 들고 삼 층까지 춤추는 걸음걸이로 들어다 주곤 했다.

다른 동네에 사는 한국 사람들은 어떻게 이런 곳에 사느냐고 질색을 했지만 그들은 대체로 정다운 이웃이 되어 주었다.

이런 환경에서도 공부가 되는 철학자의 자세는 그의 일곱 누이의 자녀교육에 일찍부터 귀감이 되었다. 어렸을 때 얼마나 열심히 공부를 했는지 사과를 주었는데 그 사과가 썩도록 거들떠보지도 않고 공부에만 매진했다는 전설도 집안에 전해 내려오고 있다. 그게 아니라 그 사과가 원래 썩은 것이 아니었냐는 내 합리적인 질문은 가문 전체를 통해서 지금까지 묵살되고 있다.

　서재가 생긴 후 공부할 장소를 찾은 철학자는 희색이 만면했지만 지하실에 가득 찬 습기 속에서 주민들의 고성방가며 빨래 기계 돌아가는 소리를 들으며 공부하는 그를 보면 마음이 안쓰러웠다.

　귀국한 후에 우리가 집을 얻으면 가장 크고 좋은 방을 서재로 정하리라고 했던 것은 아마 그때 고생하던 철학자에 대한 기억 때문인지도 모른다.

　집에 온 손님들 중 어떤 사람들은 가장 큰 방을 서재로 내어준 아내의 도량을 높이 보고 자기 아내에게 귀감이 되리라고 생각하는 모양이지만 꼭 그런 것은 아니다. 모든 선행에는 이면이 있고 아내라고 머리를 쓰지 말라는 법은 없기 때문이다. 큰방을 철학자의 서재로 내어주고 일가친척과 친지들에게 온갖 칭송을 듣고 나서 철학자가 출근한 후에 그 서재를 작은 응접실이나 상담실로 요긴하게 사용하는 사람은 바로 나라는 사실을 사람들은 간과하고 있다.

　모든 현상에 대해 질문을 던지는 것이 철학의 본질이라고 설파하던 철학자는 어느 날, 그런데 이 서재가 진짜로는 누구 거냐는 본질적이고 과감한 질문을 던졌다.

　다행히 나는 이럴 때 철학자를 설득할 수 있는 이론의 체계를 갖고 있다.

　이 서재는 철학자의 소유로서 집안의 상징이며 가장의 안식처이다. 내가 가끔 이곳을 쓰지만 내가 지닌 것은 점유권뿐이지 실상 소유권자는 철학자라는 난해한 이론을 펴면 대체로 철학자는 수긍을 하고

넘어간다. 소유라든가 점유라는 어려운 단어가 나오면 이유 여하를 막론하고 철학자는 후퇴하기 때문이다.

일요일 오후에 그 서재의 소유권자인 철학자가 큼직한 책상에 앉아 뜰도 내다보고 글도 쓰고 하는 모습을 보면 점유권자인 나도 흐뭇한 마음이 들어 제일 좋은 방을 실제로 그에게 바친 것 같은 그럴듯한 착각이 들기도 한다.

... 철학자의 제자들

대학에 다니던 시절, 철학자는 「다이몬과의 방황」이라는 글을 교지에 실은 적이 있다. 다이몬은 소크라테스가 이야기한 것처럼 내면에서 들려오는 소리의 주인공이라고 그는 말했다.

나는 고독했다. 내게는 물려받은 전통도 없었고 창조할 능력도 없었다. 믿을 종교도 없었고 사랑할 여인도 없었다. 이것을 담을 수 있는 터전마저 없었다. 이 엄연한 사실을 누가 부인하랴. 가혹한 현실을 위선으로 해결할 마음은 더구나 없었다. 그래서 나는 애타게 다이몬을 찾았던 것이다.

유학을 마치고 30대 후반에 모교의 캠퍼스에 돌아온 철학자는 젊은 시절의 자신처럼 방황하는 제자들과 만나게 되었다. 그의 귀국을 환영하며 곁에 모여들었던 젊은이들이 이제 중년의 나이가 되었다.

　제자들은 수시로 철학자의 연구실이나 집을 찾아와 담소를 나누었다. 가재도구도 제대로 장만하지 못한 집에서 많은 사람들을 한꺼번에 대접하는 것은 쉬운 일이 아니었다. 제대로 상도 마련하지 못했던 시절이었다. 궁여지책으로 아파트 방의 옷장 미닫이문을 떼어서 우유 상자들을 밑에 받친 다음 식탁을 만들었다. 백로지가 깔린 식탁은 그럴듯한 교자상처럼 보였다.

　모두들 술이 거나해지자 탐구 정신이 왕성한 제자 한 사람이 백로지를 들춰 보고 상의 실체를 파악하게 되었다. 그는 과학적인 진리 탐구 정신을 담은 질문을 던졌다.

　"사모님, 이건 상이 아니라 옷장 문이 아닙니까?"

　철학자의 온갖 난해한 질문에 태연하게 대답하며 살아온 철학자의 아내는 이런 정도의 질문에 흔들리지 않았다.

　"그거 상인데요."

짓궂은 제자는 백로지를 더 들추더니 살짝 파여 있는 손잡이를 발견했다.

"사모님, 옷장 문인데요, 뭐. 여기 손잡이도 있고."

그러나 철학에서 공부하는 것이 무엇인가. 우리가 사물에 이름을 줌으로써 그 사물들이 의미를 갖고 자신의 정체성을 찾게 된다는 것이 아닌가.

"아, 그게 원래 상인데요. 손님이 없을 때는 옷장에 달아 놓기도 해요."

제자들은 박장대소했다.

철학자의 아내는 손님들을 대접하기 위해 본인의 의사를 묻는 정중한 질문을 던지기도 했다.

"저녁은 양식으로 할까요, 한식으로 할까요?"

제자들은 의심쩍은 눈으로 서로 바라보았다. 좁은 부엌에 대단한 음식을 준비한 흔적도 없는 터에 실로 대담한 질문이었기 때문이다. 용감한 세사 한 사람이 마침내 물었다.

"양식은 뭐고 한식은 뭔데요?"

"한식은 김치찌개예요."

"양식은요?"

"김치 스튜고요."

좌중에 웃음이 터져 나왔다. 결국 양식 이름을 붙이든지 한식 이름을 붙이든지 내용상으로는 똑같은 김치찌개를 각자가 냄비에서 퍼서 먹는 것이었기 때문이다.

교실에서, 캠퍼스에서, 집에서 원 없이 자신이 배워 온 바를 가르치고 토론하며 철학자는 행복했다.

어느 신입생 오리엔테이션 날, 웃음 띤 학생이 던진 "선생님, 우리는 이제 수염을 기르고 여름에도 두꺼운 외투를 입어야 하는 겁니까?"라는 질문에 철학자는 대답했다. "만약 어떤 사람이 나에게 자유의지가 있는가 등의 문제에 몰두해 있는 동안에 그의 코밑이며 턱에 더부룩하게 수염이 자라나 있었고 그가 스스로 그것을 의식하지 못했다면 우리는 그를 가히 철학자라고 불러도 좋을 것입니다. 또 그가 이러한 근원적인 문제로 사색의 심연에 빠져 있는 동안 겨울이 지나가고 봄이 오고 또 여름이 다가왔는데도 이 계절의 변화를 의식하지 못해 그의 어깨에 아직 두꺼운 외투가 걸쳐져 있었다면, 역시 우리는 그를 철학자라고 불러도 좋을 것입니다." 철학자에게 '철학자'란 참으로 억압과 시련 속에서도 자유롭게 사는 사람이다.

하지만 현실은 만만치 않은 것이어서 제자들은 졸업을 하고 사회에 나가 닥쳐오는 현실과 투쟁해야만 했다. 학교나 기업체에 자리를 얻는 사람들도 있고 학업을 계속하는 사람들도 있었다. 학위를 받고도 마땅히 일할 자리를 얻기 어려운 현실에서 철학자는 제자들이 보통 걱정스러운 것이 아니었다.

현실적인 생존의 세계는 항상 이상적인 이데아의 세계에 그늘을 드리우기 마련이지만 철학을 공부하는 제자들과의 만남은 계속 이어지고 있다. 제자들은 당진에까지 내려가 땀 흘리며 통나무를 패고 철학자와 막걸리잔을 나누며 밤새워 시골의 정취에 젖기도 한다.

 해마다 정월 초이틀이 되면 제자들이 철학자를 찾아와 세배를 하고 덕담을 나누어 왔다. 크고 튼튼한 상도 마련되었고 음식들 가짓수도 늘었다. 그러나 중년에 접어든 제자들은 안주인이 상이라고 주장하는 옷장 문 위에 김치찌개 냄비를 올려놓고 벅찬 희망을 나누던 젊은 시절에 대한 그리움을 간간이 토로한다.

촛불 켜는 것을 좋아하는 철학자는 밤이 깊어지면 불을 하나씩 밝히고 전등불을 다 끈다. 그 자리에서 철학자와 제자들은 소망과 기원을 하나씩 이야기하며 새해를 맞고는 한다. 제자들은 학문의 진전이나 사랑의 결실, 현실적인 소망 등을 하나씩 이야기한다. 이야기를 나누어 보면 작년에 지녔던 꿈이 성취된 사람도 있고, 진행 중인 경우도 있고, 꿈 자체를 바꾸어 방향을 전환한 사람들도 있다.

제자들이 정년을 맞은 철학자에게 고별 강연의 자리를 마련했다. 소정장을 만들고 장소를 예약하고 서로 연락을 취하느라고 바쁜 제자들을 보는 철학자의 마음속에는 만감이 교차하는 듯하다. 현실적으로 적절한 도움을 주지 못한 것만 같은 미안한 마음도 철학자의 마음 한 구석에 늘 자리 잡고 있기 때문이다.

이제 철학자는 오랜 세월을 동고동락해 온 제자들 앞에서 인생의 화두였던 다이몬과의 방황에 관한 이야기를 하게 될 것이다.

이렇게 많은 시간이 벌써 지나갔는가.

이 모든 세월들이 베개를 베고 한숨 자고 있는 사이에 일어났던 한바탕 꿈이 아닌가.

벌써 머리가 희끗해지는 제자들을 보며 고별 강연을 준비하는 철학자의 마음속에서는 온갖 감회가 새로우리라.

'그대 서강의 자랑이듯 서강 그대의 자랑이어라.'

이 기치 아래서 다이몬을 절규하던 철학자는 이제 나이 들어 퇴장을 준비하고 있다.

한 시절의 촛불은 꺼지고 잔치는 끝났다.

그러나 다이몬을 찾는 그의 자아 추구는 끝나지 않을 것이다.

좋은 인연으로 만난 철학자와 제자들 앞에서 어둠을 밝히던 촛불도 그들의 마음속에 오랫동안 밝은 빛으로 남아 있게 될 것이다.

당신이 테스 형이었다면

여보!

나 어제 죽음에 대한 글을 썼어.

이번 원고 덕분에 죽음에 대해 아주 잘 알게된것 같아!

흥흥흥

죽음에 대해 공부 했다는 사람이 초연해지긴커녕 또 자화자찬이구먼.

당신은 뭘 해도 자화자찬으로 끝낼 위인이야. 예를 들면.

당신이 소크라테스였으면

당신이 예수였으면

엄정식, 「은곡재」(1993년)

은곡재에서

'은곡'은 산으로 둘러싸인 '숨은 골짜기'라는 뜻으로, 충남 당진의 작은 산골 마을 이름이다. 1988년, 삶에 지친 철학자는 즉흥적으로 당진행 버스에 몸을 싣고 아버지의 고향으로 향했다. 그곳에서 우연히 만난 풍경이 세월이 흘러도 삼삼하게 떠오른다고 소설가에게 털어놓자, 소설가는 홀로 그 장소를 찾아가 보았다. 소설가는 철학자를 위해 150년 가까이 된 낡은 농가를 마련하기로 결심하였다.

... 당진의 철학자

아리따운 여자와 늦바람이 난다면 사람이 이렇게 되리라 싶다. 철학자
는 아버지의 고향에 마련한 시골집과 연애하는 사람 같다. 한동안 그
곳에 가지 못하면 답답하고 좀이 쑤셔 못 견딘다.

툇마루에서 내다보이는 앞산과 논밭의 풍경은 어떤 계절을 막론하
고 아름답지만 야산자락 아래 자리 잡은 당진의 흙집은 낡고 불편하다.
돌보는 이 없이 혼자 남겨져 있는 집을 철학자가 한 달에 두세 번 들러
대충 살아갈 공간으로 만드는 데 한나절이 다 소요된다. 먼지를 제거하
고 잡초를 깎고 불을 때고 물을 길어야 하기 때문이다.

철학과에 들어간 막내아들은 이곳에 가는 것을 민방위 훈련이나
예비군 훈련 정도로 생각한다. 아버지가 혼자 고생하는 것이 안쓰럽기
는 하지만 수세식 화장실이며 목욕탕 시설이 없는 것이나 텔레비전이나
컴퓨터가 없는 것들이 다 참고 견디어야 할 악재로만 보이는 것이다.

철학자는 당진과 관련해서 인간을 두 부류로 나누고 있다. 곧 당진

을 좋아하는 사람과 당진을 좋아하지 않는 사람이다. 그곳을 방문해 본 사람들은 드물게 아름다운 곳이라고 찬사를 바치지만 후에 다시 그곳에 가자고 하면 여러 가지 이유를 대며 망설이기가 일쑤다.

자연으로 돌아가야 한다고 외치는 사람들도 본인이 꿈속에서 본 자연을 이야기하고 있다는 것을 모르기 십상이다. 현실 속의 자연은 불편하고 비위생적이며 모기며 벌레며 곤충에다 뱀까지 함께 살자고 슬슬 모션을 걸어오는 곳이기 때문이다. 군불 때는 일은 낭만적이고 즐거운 일이기도 하지만, 얼어 죽지 않기 위해 반드시 해내야 하는 일이기도 하다.

자연으로 돌아가고 싶다는 도시인들의 이야기는 시설과 주위 환경은 완전히 문명화되고 그 캡슐 밖에 있는 자연의 불편한 부분은 손 닿지 않는 곳에서 숨 쉬고 있기를 바라기가 쉽다. 자연을 만끽할 수 있다고 선전하는 콘도는 그런 시대정신의 구현이라고 볼 수 있다. 바람의 딸 한비야의 오지 탐험기도 편한 방에서 간식을 집어 먹으며 눈을 동그랗게 뜨고 읽기 때문에 더 흥미가 있는 것이지 실제로 귀한 몸을 손수 움직여서 고생스러운 체험을 하고 싶은 것은 아닌 경우가 많다.

당진에 내려가 보면 우리가 얼마나 문명에 중독되어 있는가 하는 사실에 스스로도 놀랄 지경이다. 게다가 철학자의 당진 집 시설은 그 마을에서도 가장 살림이 어려운 사람들 집보다 불편하니 더 논의할 여지가 없다.

철학자의 풀리지 않는 의문은 왜 그토록 좋은 곳이라고 찬사를 바치면서도 함께 가자고 하면 사람들마다 바쁜 스케줄이 생기는가 하는 점이다. 바쁜 스케줄이란 실상 인생의 선택의 우선순위라고 볼 수 있다. 우리가 바빠서 만날 시간이 없다고 늘 울부짖는 사람과 차츰 거리가 멀어지는 이유도 그 사람의 인생의 우선순위에서 자기가 상당히 하위권이 아닌가 하는 유감스러운 생각이 들기 때문이다. 노상 바쁜 배우자나 부모에게 섭섭한 마음이 들기 쉬운 것도 자기 배우자나 부모의 인생의 우선순위에서 혹시 자기가 한참 하위권이 아닌가 하는 의구심이 들기 때문이다. 우리는 성발로 하고 싶은 일이나 간절히 만나고 싶은 사람에게는 만난을 불사하고 시간을 투자할 용의가 있다.

그런 의미에서 당진은 우리가 자연으로 돌아가고 싶다고 부르짖으면서도 얼마나 돌아가기를 두려워하고 있는지 확인하기에 더할 나위 없이 좋은 장소다.

철학자는 낡은 비디오카메라를 들고 당진을, 사랑하는 여인의 앞뒤 고운 자태를 찍듯이 가기만 하면 다시 찍는다. 낡은 집을 그 앞에서 찍고 옆에서 찍고 앞산에 올라가서 찍고 뒷산에서 내려다보며 찍는다. 백일홍

이 피었으니 찍고 벚꽃이 피었으니 찍고 자두꽃이 피었으니 찍는다. 눈이 오면 눈이 와서 찍고 비가 오면 비가 와서 찍는다. 소가 밭을 갈 때는 봄이라 찍고 추수한 볏단이 논밭에 널려 있으면 가을이라 찍는다.

집에 있는 비디오테이프 중에 이름이 적혀 있지 않은 오리무중의 테이프를 틀어 보면 거의 다 당진의 정경이 나타난다. 철학자는 카메오로 자신이 깜짝 출연을 하기도 한다. 부엌에서 군불을 땔 때나 들의 마른 풀잎을 갈퀴로 걷어낼 때 한쪽 구석에 비디오를 고정시켜 놓고 움직이는 자신의 모습을 자연과 함께 찍는 것이다. 연못에 비친 자신의 모습에 가슴을 태우다가 병들었다는 나르시스에 못지않은 이런 취미는 어느 철학자의 전기에도 나오지 않는 장면이라고 할 수 있다.

녹화한 후에 오디오로 음악을 틀어 배경음으로 넣으면서 철학자는 재편집을 한다. 비발디의 〈사계〉나 가야금의 청아한 음색을 배경으로 한 산과 들과 시골집의 풍경은 보는 사람들의 찬탄을 자아내지 않을 도리가 없다. 자신들이 원하는 자연과 거의 일치하기 때문이다. 편안한 아파트의 따뜻한 소파에 앉아서 맥주를 한잔 들이켜며 바라보는 자연의 풍광은 그대로 인생의 완성을 이루는 경지를 보여 주는 셈이다.

참 좋은 곳이로군요.

기가 막히네요.

왜 저기다 좀 더 나은 집을 짓지 그러세요.

역시 자연이 좋군요.

반응은 가지가지다.

한번은 어느 손님이 거기가 한 평에 얼마예요 하는 지극히 삶에 도움이 되는 질문을 던졌다가 하마터면 철학자에게 자택 출입 금지를 당할 뻔했다. 철학자에게는 그 질문이 마치도 사랑하는 애인이 있는데 그 여자가 돈으로 환산하면 얼마나 나가냐는 소리처럼 모욕적으로 들렸던 것이다.

아무튼 우여곡절을 거쳐 그곳에 들르게 된 사람들의 반응의 평균을 내본다면 한마디로 "기가 막히네요"로 통일될 수 있다. 물론 기가 막히는 이유는 상당히 다양하다.

경치가 기가 막힌 것은 사실이다. 요즘 도시 생활을 하는 사람들에게는 보기 드문 정경이기 때문이다. 툇마루에 앉으면 바로 손이 닿을 듯한 뜰 앞에 그대로 작은 논이 있어 봄이면 잔디처럼 빛나는 녹색 모가 자라고 여름이면 난초들처럼 청청한 대를 세운 푸른 벼가 자란다. 가을

이면 황금빛 벼가 노을처럼 눈앞에서 물든다. 겨울이면 잘린 벼 그루터기가 진흙을 드러낸 논 위에 드문드문 놓여 있는 모습이 삭막한 아름다움을 드러낸다.

집 앞으로 나 있는 작은 오솔길을 따라 걸으면 그 곁의 밭에서 고추며 콩이며 오이며 토마토가 볼 때마다 다른 모습으로 자라고 있다. 동산만 한 작은 앞산도 사시사철 빛깔이 변하며 나무들과 어울려 아름다운 모습을 그려낸다.

그렇지만 당장 밥을 해 먹자면 물을 길으러 샘으로 가야 하고 세수를 하려면 대야를 들고 움직여야 하니 기가 막힌다. 화장실에 가고 싶으면 넓은 마당을 가로질러 거미들이 자기 주택을 마련한 곳을 걷고 지나가야 재래식 화장실에 도달할 수 있다.

나이 든 사람들은 그래도 그런 정경이나 화장실을 보고 자란 세대지만 젊은 세대들은 그런 괴상한 시설들을 눈앞에서 보면 대경실색을 하기 쉽다. 한때 음식이었던 삶의 폐기물과 그렇게 한꺼번에 밀폐된 장소에서 맞닥뜨려 본 적도 거의 없다. 게다가 좁은 방에 기다란 다리를 굽히고 앉아 있기도 불편하다. 난방을 하려면 부엌에 내려가 아궁이에 불을 때야 하고 땔나무를 구하려면 노동에 익숙하지 않은 몸으로 나무를 하러 뒷산에 올라가야 하는 현실에 직면하게 된다. 텔레비전이고 컴퓨터고 게임기고 간에 젊은이들을 즐겁게 해 주는 문명의 이기와 차단 상태에 놓이는 것은 말할 것도 없다.

이런 장면에 부딪힌 괴로운 젊은이들에게 철학자는 '좋지, 여기 너무 좋지?' 하고 묻는다.

철학자가 당진에 관해 던지는 질문은 주관식이 아니다. 그렇다고 사지선다형의 객관식도 아니고 OX 질문도 아니다. 구태여 분류하자면 예스-예스(yes-yes) 질문에 가깝다. '좋지? 좋지?'가 그 질문의 골자를 이루기 때문이다. 당연히 정답은 '좋은데요'이다. 안 그렇다고 말하기에는 철학자의 질문이 너무도 간절하고 표정은 너무도 애절하기 때문이다.

맑은 공기와 청량한 샘물은 관념상으로는 좋지만 중년이 지난 남자들에게는 그 샘물을 떠 주고 정갈한 방에 고구마며 밤을 삶아 소쿠리에 담아 들이밀어 주는 누군가의 정다운 손길이 있어야 추억이 완성되는 것이다. 할머니의 추억, 어머니의 추억, 누이의 추억 등, 우리나라 남자들의 안온한 인생의 추억은 누군가가 극진히 돌보아 주는 여인의 손길에 의해 대미를 장식하기 때문이다.

처음 철학자가 이곳에 살러 오기 시작했을 때 마을 사람들은 우려의 눈길을 보냈다. 듣자 하니 서울의 한다하는 교수라던데 혼자서 어떻게 조석 끼니를 끓여 잡숫느냐는 것이 걱정의 골자였다. 그리고 이 산간벽지 같은 곳을 무엇이 좋다고 노다지 올 것인가 하는 것도 걱정의 메뉴였다.

그렇지만 이런 걱정은 모두 기우가 되었다. 철학자는 다른 사람들이 이곳을 좋아하면 흥이 나서 달려오고, 이곳이 불편하다고 꺼려 하면 연민의 마음이 복받쳐서 이곳으로 달려오는 것이다.

그는 마침내 이곳의 사색과 경험을 엮은 『당진일기』라는 책을 펴내기도 했다.

새벽같이 당진으로 떠나려고 짐을 싸 놓고 준비를 하고 있다가 다

음 날 긴급 교수회의라도 열린다는 전화가 오면 너무 낙담한 끝에 왜 쓸데없이 자꾸 모이자고 그러는지 모르겠다고 열이 치민다. 자기의 본분과 직업이 무엇인지 혼동되는 단계로 들어선 것이다.

대체로 대학원생들이 정규적인 당진의 단골손님들이다. 철학자의 관점으로는 학생들이 다들 당진에 가고 싶어서 몸살이 나 있었다. 내가 보기에는 가기 싫어서 몸살이 난 사람도 있는 것 같다고 하면, 그런 일은 있을 수 없다는 단호한 의견이 되돌아온다.

철학자는 지도교수가 권유하는 것은 그대로 강요가 된다는 우리나라의 독특한 현실을 잘 모르는 경향이 있다. 그런 정보를 슬며시 주었더니 자기는 권유한 적이 없으며 당진에 가자고 강요하는 것은 오히려 대학원 학생들이라는 것이다. 아무튼 당진 최대의 미스터리는 철마다 대학원 학생들만 그곳에 꾸준히 간다는 점이다. 친척들은 그곳에서 겪게 되는 노동과 불편의 강도가 힘든 것 같고 다른 사람들은 깔끔하지 않은 시골 방에 숙련된 손길이 미치지 않은 음식이며 정갈하지 못한 침十 따위가 힘든 것 같다.

철학자는 서울 집에 손님이 오기만 하면 매우 자연스럽게 당진의 비디오를 튼다. 당진의 아리따운 자태를 누구에게라도 자랑하고 싶어서 병이 날 지경인 것이다. 왕비의 아름다운 몸매를 혼자 보는 게 아까워서 신하에게 몰래 보게 했다가 뜨거운 맛을 보았다는 옛 신화의 왕도 이런 경지까지 이르지는 못했을 것이다. 손님들에게 당진 비디오를 보고 싶은지 의향을 묻고 틀자고 해도 그럴 필요가 없다는 의연한 대답이 돌아온다. 왜냐하면 사람들은 자기가 그곳을 보고 싶어 한다는 사실조

차 잘 모르기 때문이라는 것이다. 모르는 사람은 직접 보여 주는 수밖에 없다는 것이 그의 학설이다.

이 정도의 경지에 이르면 은곡재에 대한 철학자의 사랑은 거의 신앙이라고 할 수밖에 없다.

불편한 당진을 가꾸고 사진과 비디오로 찍어 사람들에게 숭상받는 장소로 만들고 싶은 철학자의 꿈과 소망은 당진으로 떠나는 차에서 결의에 찬 손을 흔드는 오늘날까지 이어지고 있다.

... 이태백과 철학자

네 살 때 아버지를 여의고 제주가 된 철학자는 다섯 살에 처음으로 음복을 하게 되었다. 그렇게 엄격하게 조기 교육을 받았기 때문에 자신의 술버릇이 과히 나쁘지 않다는 견해를 지니고 있다. 술과 철학자의 인생은 필연적인 상관관계가 있어 술을 좋아하는 방면에서는 타의 추종을 불허한다. 술을 삼가야 하지 않느냐는 사람들의 조언에 대해 그는 사기 수명이 워낙 길어서 한 백오십 년 되는데, 술을 마셔서 주위 사람들과 비슷하게 살도록 백 살 이내로 줄여야 한다는 참신한 학설을 소개하곤 한다.

고대 그리스인들은 잠들어 있던 대지를 깨우기 위해 포도주의 신 디오니소스를 숭배하는 제의를 열었다고 한다. 축제가 벌어지는 동안 포도주가 빠질 리 없고, 사람들은 흥겹게 행진하면서 겨우내 잠들었던 대지를 깨우기 위해 디오니소스를 찬양하는 디티람보스를 불렀다. 아마 철학자도 잠들어 있는 대지를 깨우듯 논변에 지쳐 잠든 머리를 깨우려고 술을 즐겨 마시는지도 모른다.

한번은 미국에서 유학생들 모임에 간 철학자가 새벽이 되도록 돌아오지 않았다. 나중에 알고 보니 그 이유가 밤들이 마시며 노닐다가 새벽 2시에 주차장에 걸어 놓은 체인 때문에 차를 꺼낼 수가 없어서 그 먼 길을 걸어서 돌아왔던 것이었다.

문 안에 들어서는 즉시 질문을 퍼부을 자세를 취하는 아내에게 철학자는 무드 있는 어조로 띄엄띄엄 말했다.

"내가 말이야. 지금 기분이, 굉장히 좋거든. 기분이 아주… 좋아요. 그러니까 조금만 있어 봐. … 그러니까 조금만 더 있어 본다면…"

철학자는 말하는 동안 점점 자세를 낮추더니 그대로 누워 잠이 들어 버렸다. 제정신이냐, 지금 몇 시냐, 어떻게 주차장에 체인을 거는

시간도 모르냐. 체인을 걸었으니 망정이지 걸지 않았다면 음주운전을 하려고 했던 것은 아니냐 등등의 예리한 질문들은 철학자가 인사불성으로 잠들어 버리는 바람에 무산되고 말았다. 이런 질문들은 대개 그 답을 묻는 사람이 이미 알고 있는 경우가 많다.

우선 '제정신이냐?'의 답은 '아니다'이다. '지금 몇 시냐?' 하는 질문은 벽시계를 보면 답을 알 수 있다. '주차장에 체인을 거는 것도 모르냐?'의 답은 '모른다'이다. '음주운전을 하려고 했던 거 아니냐?'의 답은 '아니다'이다. 결혼생활은 청문회와 비슷하다. 질문에 또박또박 정직하게 대답했다가는 문제가 더 심각해지는 경우가 많기 마련이다.

과연 어려서부터 훈련받은 철학자의 주량은 상당했고, 스스로 로마의 검투사인 줄 아는지 누구하고 술로 맞붙어도 끝까지 살아남을 수 있다고 주장했다.

유학 시절 어느 날은 철학과에서 가장 술이 세다는 영국인과 맞붙어서 누가 먼저 가나 하는 내기를 했다고 한다. '어디로 가는지도 모르면서 사기는 어딜 간다는 말인가.' 이것이 그 이야기를 전해 들은 크산티페의 첫 마디였다. 아무튼 몇 시간에 걸쳐 술을 퍼마신 두 사람은 마침내 인사불성으로 서로를 바라보다가 철학자는 테이블에 엎드렸고 상대방은 의자에서 슬슬 미끄러지더니 바닥에 누워 버렸다고 한다.

이 문제에 관해 두 사람은 한동안 다른 의견을 피력했다. 철학자는 바닥보다 높은 의자에 앉아 있는 사람이 이긴 것이라고 주장하고, 상대방은 마침내 테이블에 코를 박고 쓰러진 철학자를 보고 이제 이겼구나 하고 승리를 확신한 후에 유유자적하게 자발적으로 바닥에 누웠다는 주장을 하기 시작한 것이다.

자기가 승자라고 편들어 주기를 바라며 애타게 상황 설명을 하는 철학자에게 철학자의 아내가 분연히 던진 말은 과연 크산티페다웠다. 그런 걸 자랑이라고 하는 거냐, 술을 더 많이 마실 수 있다는 게 라면을 한꺼번에 몇 개나 먹을 수 있는가를 겨루는 것하고 뭐가 다르냐는 호된 비판을 받았을 뿐이다.

하기는 소크라테스가 젊은이들과 논변을 마친 후에 승리의 미소를 띠고 집에 돌아와 "여보. 내가 또 여러 명을 헷갈리게 해 주었어. 자기가 누구인지 알고 있다고 믿고 있던 녀석들에게 자기가 누구인지 모르게 만들어 주고 왔어"라고 말했을 때, 크산티페가 '참 장하다, 잘했다'라고 말해 주기를 기대하는 것은 결혼이 무엇인지 모르는 사람들이 하는 생각이다.

언젠가 집에 초대했던 독일인 정신과 의사가 농담 삼아 재미있는 이야기를 들려주었다. 자기 경험에 의하면 상담이 무르익을 때 내담자가 포도주에 약간 취한 듯한 상태가 되는데, 어쩐지 마음을 열고 싶고 정서적으로 충일감이 들며 자기 앞에 앉은 사람에게 무한한 신뢰와 애착의 마음이 들게 된다는 것이다. 그래서 자기는 여러 가지 이론과 기법을 힘들게 적용할 것도 없이 내담자에게 포도주 한 잔을 살짝 마시게 하고 바로 본론으로 들어가는 것이 더 좋은 방법이라는 생각도 든다고 했다.

이 이야기를 듣고 흥에 겨운 철학자는 무릎을 쳤다. 그 정도라면 자기처럼 좋은 상담자는 없으리라는 확신에 겨운 모습이었다. 그런데 왜 그렇게 하지 않느냐는 질문에 그 의사가 하는 말이, 그럴 경우 일시적으로 호전될 수는 있지만 몇 년 후 라인강변을 따라 알코올 중독자 치료 병원들이 늘어서야 하기 때문이란다.

그러자 철학자는 좀 더 창의적인 제안을 내놓았다. 내담자에게만 포도주를 줄 것이 아니라 치료자도 함께 마시면서 상담을 하면 훨씬 더 원활하리라는 것이다. 그렇게 되면 두 사람이 이미 교분을 텄기 때문에 알코올 중독자 병원에서 만나 서로 인사를 나누며 화기애애하게 지낼 수도 있다면서. 한국 여자와 결혼한 인연으로 우리 집을 방문했던 그 의사는 폭소를 터뜨리고 자기가 새로운 음주치료론을 개발하면 꼭 알려 주겠다고 약속했다. 철학자는 술도 잘 마시고 쾌활한 언동이 인상적이었던 그 의사에게 새로운 아이디어를 준 후에 상당히 만족스러운 모양이었다.

술자리에서는 한없이 다정하던 사람들이 술 없이 만나면 할 말이 없어지는 것도 그러고 보면 다 일리가 있는 이야기다. 불고기가 익어가는 석쇠 앞에 앉아 서로 잔을 권하고 훌륭한 사람을 몰라주는 세상의 모자란 인간들을 매도하면서 호연지기를 풀어놓을 때 술 마시는 사람들은 정말 새록새록 살아갈 맛이 나는 것만 같다.

철학자는 미국 유학 시절에 밤늦게 방문한 목사님 내외분에게 맥주를 권하며 술 예찬론을 펴기도 했다. 술은 마귀의 음료라고 근엄하게 한 말씀 내릴 줄 알았던 목사님도 즐겁게 술잔을 비우더니 이역 땅에서의 목회 활동의 어려운 점을 털어놓기 시작했다. 물론 대경실색한 목사님의 아내에게 제지를 받기는 했다. 문제 있는 친구를 사귀면 안

된다는 이야기가 공연히 있는 것이 아니다.

취생몽사라는 것이 이성적인 철학자들이 꿈꿀 덕목은 아니리라는 추측이 들기는 한다. 그런 말은 한잔 거나하게 마시면 저절로 시흥이 돋아 올라 주태백이라고까지 불렸던 이태백 같은 시인에게나 해당되는 말일 것이다. 술에 취하여 호수에 뜬 달을 건지려다가 물에 빠져 세상을 하직했다는 이야기가 전설처럼 전해오는 이태백의 이야기를 철학자는 대단한 흠모의 정으로 받아들이고 있다.

철학자가 은곡재에서 신선처럼 살고자 하는 큰 이유 중 하나도 바로 신선도에서 보는 바처럼 신선 앞에 놓인 술 담긴 작은 호리병 때문이 아닌가 하는 의심이 들기도 한다.

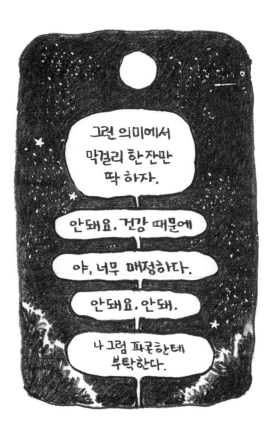

...   철학자의 여인들

청중에게 유머러스하게 설교를 하고 싶었던 진실한 목사님이 있었다고
한다. 어느 날 우연히 어떤 강사의 강연을 듣게 되었는데 연사는 이렇
게 말을 시작했다.

"사실은 제가 아내 아닌 다른 여자의 품에서 행복하게 지낸 때가
있었습니다."

사람들이 일순간에 조용해지자 연사는 말을 이었다.

"그 분은 저희 어머님이셨습니다."

청중들 사이에서 웃음이 터져 나왔다. 감탄한 목사님은 이 이야기
를 다음에 설교할 때 사용해 볼 결심을 하고 바로 실천에 옮겼다.

"사실은 제가 아내 아닌 다른 여자의 품에서 행복하게 지낸 때가
있습니다."

신도들은 물을 끼얹은 듯이 조용해졌다. 마침내 한 사람이 조심스
럽게 물었다.

"그 여자가 누구였습니까?"

그런데 그만 건망증이 심한 목사님은 그다음 이야기를 잊어버리는 재난에 봉착했다. 아무리 생각해도 그다음 이야기가 생각나지 않자 할 수 없이 고백을 했다.

"그 여자가 누구였는지는 지금 생각이 나지 않습니다."

그다음에 무슨 일이 일어났는지는 인류의 평화와 안녕을 위해서 접어 두는 것이 좋을 것 같다.

물론 철학자의 첫 번째 여자도 어머니였다. 철학자 밑으로 어린 여동생이 태어난 후 얼마 되지 않아 남편을 여읜 어머니의 심정은 형언할 길이 없이 무거웠을 것이다. 일곱 명의 딸과 네 살 난 아들, 가히 비극적인 대서사시의 막이 오른 셈이었다. 어떻게 해서든 자식들을 잘 길러 내야 하며 특히 아들을 탈 없이 잘 길러 대를 잇게 해야 한다는 생각은 막중한 책임감을 요하는 일이었다. 마침내 버릇없이 아들을 길러서는 절대 안 되겠다는 결론을 내린 어머니는 아버지처럼 엄격하게 아들을 대하며 살갑게 곁을 주지 않으려고 애썼다.

나이 어린 여동생과 싸우거나 문제가 생기면 어머니는 언제나 누이동생의 편을 들면서 "아들이 아무리 귀해도 그렇게 굴면 하나 아니라 반쪽이라도 보지 않는다"고 호통을 치셨다. 찻길을 건너는 것을 불안해하는 어머니 때문에 길을 건너지 않아도 되는 학교에 입학한 후 철학자의 인생 여정은 어쩌면 철학을 전공하지 않을 수 없을 만큼 가시밭길이었으리라고 추측이 된다.

철학자가 막 취직이 되어 극진히 모실 준비가 되었을 때 어머니는 환갑을 넘기고 얼마 되지 않아 돌아가셨다. 철학자는 비탄에 잠겼던 심정을 수습하기도 전에 마지막 남은 누이동생의 구혼자를 만나게 되었다. 그리하여 일곱 누이의 이어지는 결혼은 대장정의 막을 내렸다.

누이들의 결혼 조건 중 하나가 남동생을 잘 돌보아야 한다는 것이었다니 전설의 고향에 등장할 만한 이야기가 아닐 수 없다. 자연히 젊고 아리따운 누이들에게 잘 보이려는 구혼자들은 어린 철학자에게 잘 보여야만 했고, 이 기회를 틈탄 어린 철학자는 영화관에서 누이와 구혼자 사이에 앉아 애끓는 젊은이들의 소통을 차단하는 만행을 저지르기가 예사였다.

이런 형편이니 철학자가 대한민국의 모든 여자들을 누이를 보듯 연민을 품은 시각으로 바라보는 것도 무리는 아니다.

미국 공보원에 근무할 때 모든 여자가 누이로 보인다는 이상한 관점을 포기하고 아내를 만나 결혼한 철학자는 결혼한 후 딸을 얻었다. 딸의 아버지가 되어 본 적이 없었기 때문에 처음에는 자꾸 웃음만 나오고 어색하기 그지없었다는 철학자는 아이가 성장하면서 점점 더 다정한 사이가 되었다.

딸 가진 사람들이 모인 자리에서 사윗감들 이야기가 오고 가다가 이제는 자녀만 좋다면 부모가 결혼을 반대하고 어쩌고 할 세상이 아니라는 말이 나왔다. 돌연 철학자가 그래도 나는 반대라고 하자 모두 의아한 시선으로 바라보았다. 사귀는 사람이 있느냐는 질문에 철학자는 결연히 대답하기를 사귀는 사람은 없지만 내 딸을 데려갈 만한 자격이 있는 남자가 나타나는 것은 상상할 수도 없다는 추론하에 누가 나타

나도 일단 무조건 반대라는 이야기를 주장했다.

기승전결도 없고 논리에 맞지 않으며 도덕적이지도 않고 하다못해 문법도 맞지 않는 이야기를 하고 있다는 아내의 논박에 무릇 학문의 세계와 사적인 세계는 엄연히 다른 것이라는 주장을 편 적도 있다.

어머니와 누이와 아내와 딸, 이렇게 가까이에서 접해 본 여자들에 대한 철학자의 견해는 실로 다양한 것이어서 주위 사람들에게 '페미니스트'라는 칭찬인지 비판인지 모를 애매한 칭호도 받았다.

여자들을 노리개로 삼아서는 절대 안 된다고 믿는 철학자가 외국의 한 모임에서 배꼽을 드러낸 아리따운 무희들이 춤추자고 유혹했을 때 분연히 자세를 가다듬고 인간적인 대우를 베풀던 장면에 대해서는

지금까지도 구구한 해석들이 전해지고 있다.

아무튼 모든 여인이 누이로 보인다는 학설의 소유자로 철학자는 알려지게 되었다. 모든 여인은 누이가 아니라는 새로운 학설을 플레이보이에게서 전수받을 기회도 있었지만 무정한 세월은 배운 바를 실습해 볼 기회를 뒤로하고 유수같이 흘러가는 중이다.

여자 이야기만 나오면 철학자는 아내 이야기로 접어드는 버릇이 있다. 자신의 인생 자체가 우울했던 프로이트 박사의 견해에 의거한다면 그것은 무의식을 뚫고 올라오는 이성에 대한 욕망을 억누르기 위해 취하는 애달픈 인간의 몸부림일 가능성이 적지 않다. 엄격히 살아가려는 자세야 아무도 나무랄 사람이 없겠으나 도덕적으로 살아야만 한다고 목청껏 주장한 사람들의 인생을 높이 칭송해 주는 이가 별로 없다는 사실은 실로 애달픈 일이 아닐 수 없다.

황진이의 빼어난 자태며 재능을 기리기 위해 여러 가지 이야기가 전해오고 있지만, 그녀 앞에 맥없이 투항하고 만 벽계수의 이야기며 지족선사의 이야기가 공연히 인구에 회자되는 것이 아니다. 인생은 미묘한 것이어서 열정을 억누르는 삶이 과연 더 바람직한가에 대해 한마디로 결론을 내리는 것은 쉽지 않다.

철학자는 한때 자기는 돈 주앙처럼 1,003명의 여자를 섭렵하는 것보다 한 여자에게서 1,003명의 여자를 찾는 게 더 의미 있다는 등의 수상하고 믿기 어려운 관념론적 학설을 펴기도 했다. 차라리 일곱 명의 누이가 내게 모든 여자의 원형을 보여 주었기 때문에 더 이상 여자에게 관심이 없다고 우기는 게 그나마 인류학적으로 더 설득력이 있을지도 모른다.

아무려나 아내에게 여자관계의 진실을 다 토로하는 사람들은 그 지능이 심히 의심스러운 바가 있다고 하니 여기서 애매한 탐색을 그치는 게 좋을 것 같다.

철학자의 여인에 관한 진실을 규명하고 싶은 사람은 한가한 날 질 항아리에 담은 동동주를 꿰어 차고 은곡재를 찾아가 인사불성이 되도록 술을 마시게 한 다음 진실을 탐색해 보는 것이 좋을 것이다. 황진이에 버금가는 재색을 겸비한 여인을 나귀, 혹은 승용차에 태우고 가서 서화담의 포즈를 취하고 있는 철학자를 시험에 들게 해 보는 것도 나쁘지는 않을 것이다.

... 아폴로와 디오니소스, 그리고 철학자

이 세상의 어느 자리에 가든지 음악을 틀어 놓고 듣는 것은 철학자의 대단한 낙이다. 주로 클래식 음악을 선호하는 철학자는 흥에 겨우면 서재를 음악으로 가득 채운다. 다른 가족 구성원들도 음악을 듣고 싶어 하리라는 학설이 밤 깊은 시간에 추종자를 얻기 어렵다는 것은 자명한 이치다. 듣고 싶지 않은 사람이라면 더군다나 음악을 들어 귀를 얼어야 한다는 수장이 시작되는 시점이 이제 철학자가 아내의 박해를 받기 시작하는 시점이라고 보면 틀림없다.

철학자는 은곡재의 뜰에 가서도 스피커를 툇마루에 끌어내고 음악 소리가 온 뜰에 흐르게 해야 직성이 풀리곤 한다.

고독한 사춘기에 떠오르는 모든 잡념을 책과 음악과 그림으로 이겨 낸 전력이 있는 철학자와 함께 외국 여행을 떠나는 것은 쉬운 일이 아니다. 임금님이 한번 궁궐을 떠날 때도 그토록 준비물이 많지는 않을 것이다. 음악 시디며 테이프며 오디오 기계며 작은 스피커, 풍광을

236

담을 캠코더며 읽어야 할 책이며 등등으로 가득 찬 가방은 마침내 필요한 옷을 넣을 공백을 허용하지 않아 밤마다 빨아 말려서 입어야 할 지경에 이른다. 모든 것을 버리고 떠나는 것이 여행이라는 아내의 읍소는 음악 소리에 가려져 거의 들리지 않는 수준에 이른다.

아침 밥상에서 울려 퍼지는 베토벤이나 바그너, 스트라빈스키를 듣는 것이 다른 사람들에게 부담스러울 수도 있다는 것을 철학자는 이해하기 어려워한다. 선곡의 문제라면 조금 배려해 볼 수도 있다는 선에서 양보하는 정도이다.

예민한 사춘기 시절에 철학자는 한때 불타오르는 별빛과 까마귀가 흩어지는 보리밭을 그리는 반 고흐에게 매료되어 화가가 될 꿈을 지닌 적이 있다. 예고에 들어가고 싶었지만 연한 분홍색과 흐린 연두색이 구분이 가지 않는다는 이유로 색약으로 판정되어 입학할 수 없었던 전력이 있다. 보통 때는 아무런 불편도 없어 전혀 몰랐던 사실을 알게 된 철학자는 깊이 상심했다.

얼마 전 운전면허 기간이 지나기 전에 적성검사를 하러 면허시험장에 갔을 때 시험관은 여러 가지 색맹 검사표를 내어놓고 몇 가지를 철학자에게 물어보았다. 옅은 분홍과 옅은 연두색이 유난히 많이 뒤섞인 페이지에 68이라는 숫자가 애매하게 드러나 있었다. 한참 그 페이지를 응시하던 철학자가 말했다.

"68 같은데요."

"68입니까?"

"68 같습니다."

"아니 68입니까, 아닙니까?"

"글쎄, 68 같다니까요."

"68입니다." 하고 말했으면 끝날 일을 철학자는 끝내 "68 같습니다"라고 고집함으로써 드디어 색약 의심 판정을 받게 되었다.

마침내 철학자는 이상한 방에 신호등 장치가 있는 곳을 작은 원형의 유리창으로 들여다보며 빨강, 초록, 노랑 표시의 신호등이 켜지고 꺼지는 데 따라 손을 들고 내리는 실험을 해 보는 수모를 겪은 후에야 겨우 적성검사 합격 판정을 받을 수 있었다.

하늘 아래 확실한 것은 하나도 없고 모든 것을 의문의 시선으로 바라보아야 한다는 철학적인 기질이 영향을 끼친 탓도 있었을 터이다. 데카르트처럼 감각적 지각을 믿을 수 없었다는 주장을 펴던 철학자는 마침내 크산티페에게 제발 운전면허 적성검사 같은 데서 방대한 우주의 철리를 피력하지 말아 달라는 권고를 받게 되었다.

어쨌든 고등학교 다닐 때는 미술반에 들어 열심히 그림을 그렸던 철학자의 집은 그가 그린 유화 그림들로 가득 차 있다. 큰돈을 들이지 않고 집 안에 화가가 그린 원화가 걸려 있는 것은 나쁘지 않은 일이다. 우선 돈이 들지 않을 뿐 아니라 사람들이 그 분위기에 대해 높이 칭송하는 경향이 있기 때문이다. 이건 비밀이지만 낡은 벽지를 가리는 방법으로도 권장할 만한 일이다.

서강대학교 미술 동아리인 강미반의 지도교수가 된 철학자는 일년에 한 번씩 작품전을 하는 전시회에 출품하는 것을 원칙으로 하고

있다.

　그림을 내어 걸 때마다 철학자는 가슴이 뛴다. 우선 누군가가 그 그림을 너무나 좋아하게 되어서 자신의 그림 앞에서 떠나지 않는 장면을 상상해 보는 것이다. 혹은 영화에서처럼 순수한 천재를 알아보는 화상을 만나 새롭게 부상하는 화가로 드높이 이름을 날리는 공상도 해 본다. 혹시라도 누가 사자고 하는 경우에 팔아야 할 것인가 말 것인가, 판다면 얼마나 받아야 할 것인가 생각해 보는 것도 중요한 부분 중 하나이다. 그리고는 이별이 닥쳐올지도 모르는 그림을 앞에 세워 놓고 한없이 애틋하게 바라보기도 하고 기대에 벅차 잠을 설치기도 하는 것이다. 그런 염려를 크게 하지 않아도 좋은 것이, 그림에 호의를 보이는 사람들도 개중에 있지만 불행인지 다행인지 아직 그림을 팔라는 제안을 받은 적은 없기 때문이다.

천재 화가는 죽어서야 진정한 평가를 받는다는 학설도 별로 철학자에게 위로가 되지는 않는다. 살아서 인정받는 것이 여러 가지로 훨씬 더 낫기 때문이다.

이토록 하고 싶은 일이 많으면서 어째서 그 어려운 철학이라는 학문에 발을 들여놓고 그렇게 오랫동안 종사해 왔는지 신기한 일이기도 하지만 어쩌면 모든 학문의 뿌리에 있는 것이 철학인지도 모른다.

철학자들은 역사상에 나타나는 다른 철학자들을 좋아해서 스토커 같은 심정이 되는 것일까. 아니면 그런 철학자들을 몽땅 뛰어넘어 인생의 진리를 관통하는 깨달은 자가 되고 싶은 것일까. 정말 다른 철학자들을 좋아하기는 하는 것일까. 고독하고 괴팍한 족적을 남긴 적이 있는 기라성 같은 역사 속의 철학자들을 보면 다른 철학자들과 모여서 사이좋게 의견을 나누고 친목을 도모했던 것 같지는 않다.

지식을 얻게 되는 방식을 바꿔 버린 소크라테스, 이데아의 세계를 설파하는 플라톤, 신의 은총에 순종하는 아우구스티누스, 은둔의 철학자 스피노자, 하늘에 빛나는 별과 마음속의 도덕적 법칙을 이야기한 칸트, 인간에 대한 연민으로 가득 찬 염세주의자 쇼펜하우어. 스스로 빛이기 때문에 외롭다는 니체, 독창적인 사상과 괴팍한 인생관을 지닌 비트겐슈타인….

할리우드 거리에서처럼 손도장을 찍는 의식을 거행했다면 기라성

처럼 그 족적을 남겼을 사람들의 명단 중에서 철학자가 유달리 강하게 애정을 느끼는 철학자들이다.

젊었을 때 들려온 다이몬의 음성을 좇아 철학의 길을 꾸준히 걸어온 철학자는 이제 삶을 조망하고 이해하는 경지에 이르게 되었는지 궁금하다.

정년을 앞두고 뜰을 내다보는 철학자의 뒷모습에 쓸쓸함이 감도는 것은 도달할 수 없는 목표에 대한 아쉬움일까. 자기와의 힘겨운 투쟁 뒤에 오는 고달픔일까.

이제 철학자는 말러의 음악에 나오는 구절처럼 세상이 나를 버리고 나 또한 세상을 버린다는 생각에 젖어 강물에 배를 띄우고 멀리 떠나가는 사람의 심정을 느끼는 것처럼 보이기도 한다.

아폴로와 뮤즈, 디오니소스 사이를 방황하며 살아온 철학자의 노년은 어떤 형상으로 그 모습을 드러낼지 자못 궁금하다.

244

... 철학자의 귀향

이제 철학자는 은곡재로 돌아갈 준비가 되었다. 은퇴 후에 그가 꿈꾸는 삶은 거의 신선의 경지에 이른다. 한식 기와지붕을 공들여 올린 정자에 돗자리를 깔고 앉아 논밭의 풍광 속에서 사람들과 담소하며 막사발에 담긴 막걸리를 나누는 그림은 이미 철학자의 마음의 캠코더에 찍혀 있어 재상영조차 필요하지 않을 지경에 이르렀다.

각종 새들이 날아들고 계절에 따라 벚꽃과 자두꽃, 백일홍들이 이어서 피어나는 들판에 생명이 살아나는 소리들이 물 흐르는 소리처럼 들려오는 장소이니 철학자의 꿈도 아주 허황되기만 한 것은 아닐 것이다.

다양한 분야에서 일하는 지인들이 4월이 되면 큰 벚꽃 나무가 구름처럼 만개하는 정경을 보러 은곡재에 모인다. 감나무며 호두나무, 자두나무들이 울타리를 두르고 선 넓은 초록빛 뜰에 흰 식탁보를 두른 식탁을 차리고 바비큐 그릴에 고기며 옥수수, 감자를 구우면서 모두들

그렇게 즐거워할 수가 없다. 그러나 참석했던 사람들이 아무리 행복하더라도 사람들이 은곡재에서 즐거워하는 것을 보는 철학자의 행복에는 비길 수가 없다.

허름한 작업복을 입고 행차하신 분들의 머슴인 것처럼 이리저리 분주하게 오가며 마른 잎을 긁어모아 불쏘시개를 가져오고 뜰에 깔 멍석을 찾아오고 의자들을 예술적인(?) 안목으로 배치하는 일은 다 철학자의 일이다.

사람들이 은곡재에 내려와 기뻐하는 모습을 보는 것은 이제 철학자의 삶에 가장 큰 비중을 차지하게 되었다. 그동안은 철학자 자신도 자주 내려오기 어렵기 때문에 시골집에 내려올 때 큰 부채를 들고 흰 도포를 입은 채 시를 읊으며 인생을 논하기가 쉬운 일이 아니었다. 풀을 깎고 집을 치우고 먹을 음식을 마련하고 잘 자리를 준비하는 생존의 문제가 산적해 있기 때문이었다. '신선이 된 머슴'이라거나 '머슴이 된 신선'이라는 동화책에 곧 주인공으로 등장시켜 주겠노라고 철학자의 아내가 바람을 넣은 적도 있지만, 신선도 최소한 동자 하나는 있어야 될 수 있다는 진실을 깨달은 세월이었다.

정년퇴직을 한 후 철학자의 꿈은 당진의 은곡재에서 더 많은 시간을 보내는 것이다. 그곳에서 논밭을 돌보고 뜰을 가꾸며 한가하게 사유의 세계를 넓히고 글도 쓰겠다는 것이다. 이것은 어쩌면 신선을 꿈꾸는 철학자의 모범답안이고, 실제로는 많은 사람들이 찾아와 은곡재에서 즐거운 시간을 보내며 철학자에게 흠모의 정을 보내는 것이 그의 꿈일 것이다.

그렇게 되면 일찍이 선인들이 읊었던 것처럼 나귀를 타고 술이 든 호로병을 꿰어 차고 찾아오는 모든 손님들이 다 철학자의 지기가 될 터이다.

이제 철학자가 당진의 은곡재에 자리 잡은 지 이십여 년의 세월이 흘렀다. 그동안 은곡재는 심지 깊은 친구처럼 묵묵히 철학자가 돌아올 날을 기다려 주었다.

몇 해 전 사람들이 모여 함께 공부하고 토론할 수 있는 '은곡 철학당'을 짓고 마주 보이는 장소에 '은곡정'이라는 현판을 단 정자를 새로 단장한 것을 축하하느라고 백여 명이 넘는 지인들이 몰려와 한마당 잔치를 벌였을 때 이미 철학자는 귀향을 한 셈이다.

서울에서 내려온 철학교수님들과 학생들, 당진 읍에서 온 문화계 사람들, 철학자의 친척이며 친지들, 오랫동안 사귀어 온 친구들, 허물없이 찾아온 주위의 이웃 사람들로 은곡재는 떠들썩했다. 철학자의 철학하는 친구들이 흰 장갑을 끼고 은곡 철학당으로 들어가는 입구의 테이프를 끊고 은곡정 앞의 테이프도 끊었다.

소박한 방과 마루, 그리고 뜰에 차려진 상마다 고기와 나물, 과일들이 그득히 놓이고 유감없이 풀어놓은 막걸리 통 앞에서 모두들 즐겁게 환담과 덕담을 나누었다.

길놀이를 시작으로 이루어진 국악 한마당은 잔치 기분을 더욱 무르익게 했다. 오색찬란한 궁중의상을 걸치고 화관무를 추던 어여쁜 여인이 초록빛 풀밭 위로 사뿐히 흰 버선발을 내디뎠고 가야금 명인은 산조를 탔다. 단소 소리는 대나무 숲의 바람 소리와 새소리와 어울렸고, 흥부 박 타는 장면의 판소리는 낮은 산세를 타고 울려 퍼졌다.

마침내 흥에 겨운 진도아리랑의 노랫가락에 맞추어 사람들이 어

우러져 춤을 추기 시작했을 때 5월의 풍광은 정점에 이르렀다. 철학자의 옆집에 사는 작은 체구의 아낙은 그 자리에 참석했던 학술원 회장님을 붙잡고 한바탕 흥겨운 춤을 추었다. 원로 철학자와 시골 아낙의 춤은 보기만 해도 정겨웠다. 나중에 그분이 누구신 줄 알고 그렇게 붙잡고 춤을 추었느냐는 질문에 아낙은 박장대소하면서 대답했다.

"아, 그분이 우리나라에서 학문으루다가 젤 높으신 분이 아녀유. 살다가 젤 훌륭한 분허구 춤 한번 춰 봤슈."

이야기를 들으며 모두들 흥겹게 웃음을 터뜨렸다.

이제 은곡 철학당에서는 사람들이 두런두런 모여 앉아 철학에 관한 이야기를 듣고 나누는 모임이 열리기 시작했다.

과연 철학자가 농사일로 굳은살이 박인 농부들처럼 농사를 제대로 훌륭하게 지을 수 있을지는 수상쩍기도 하고 의문이 가는 부분도 적지 않다. 하지만 철학자가 도시의 삭막한 삶에 지친 사람들이 쉴 수 있는 오아시스를 제공해 줄 수 있다는 점에 대해서는 이견을 제기하는 사람이 별로 없는 것 같다.

소비가 미덕인 이 사회에서 사람들이 지금처럼 많은 것을 소유하고 누린 적도 없지만, 과거 어느 때보다도 더 외로워하며 미래를 두려워하고 있는 것도 사실이다. 욕망이란 채워질수록 더 크고 강해져 실로 막강한 힘으로 우리의 삶을 고통 속으로 몰아넣기 때문일 것이다.

기원전 271년, 아테네 교외에 정원을 사들여 소박한 생활 속에 은둔하며 철학을 생활화하고 두터운 우정을 나누는 철학공동체를 만들었던 에피쿠로스의 꿈을 철학자는 실행하고 싶어 한다. 인간애를 강조

했던 에피쿠로스는 그곳에서 하루에 음식을 장만하는 데 1므나의 돈도 쓰지 않고 포도주 4분의 1리터만으로도 행복해하고 그나마 대부분은 물만 마시는 생활에 만족해하며 진정한 우정과 마음의 평온을 얻었다고 하지 않는가.

철학자가 과연 은곡재에서 세속적인 욕망에 흔들리지 않고 고통도 없는 상태인 '아타락시아'의 경지에 이를 수 있을지는 두고 볼 일이다.

어찌 되었든 철학자는 흙물이 잔뜩 든 옷을 입고 돌아와 대나무 숲을 지나 낮은 산으로 올라가는 지점에 연의 뿌리를 무리 지어 심었다고 했다. 머지않아 연꽃이 진흙을 헤치고 만개하는 장면을 볼 수 있을 것이라고 철학자는 기대한다.

이제 철학자의 자기 자신으로의 귀향도 은곡재에서 이루어지게 되리라고 믿는다.

모쪼록 많은 사람들이 허물없는 우정을 지니고 철학자의 은곡재를 찾아 주어 서로의 삶에 기쁨과 의미를 배가시키는 시간을 갖게 되기를 바라 마지않을 뿐이다.

나는 가끔 철학을 가르치는 것이 아니라 진지하게 철학 그 자체와 대면하고 싶다. 그럴 때면 어머니의 품속 같은 산골 마을 '은곡재'로 떠나 대자연의 봄, 여름, 가을 겨울을 음미하며 또 하나의 내 이름을 불러 본다. 그곳에서 얻은 것은 나 자신과의 새로운 만남이다.

-엄정식, 『당진일기』 중에서

바로
지금

오늘 모임에서
사람들이

인생을 돌아봐
가장 행복했던 때가
언제냐고 물었어.

잠시 생각해 보고
대답했지.

바로
지금이라고.

인생에 너무 큰
열등감과 두려움을
지고 컸기
때문인지

연말에 내 삶의 흔적이 되는
훌륭한 사람들과 만나고
좋은 사람들이 곁에 있는
지금이 제일 행복해.

이렇게 잘 살아온게
대견해.

어제보다도 오늘이
더 행복해.

미련을 가지거나 회한에
젖을 과거도 없고

다른 시간이 아니라
바로 지금이야.

걱정하고 두려워할
미래도 없어.

256

철학자의 편지

오래 묵은
손글씨들이
쏟아져 나왔다.

40여 년의 세월이 흐르며
닳고 익어 간 낡은 종이들.

낯설지 않은
경쾌한 손글씨,
그건 분명
엄마의 흔적.

단정하게 맺힌 익숙한 손글씨,
그건 분명 아빠의 흔적.

바로 이 종이 앞에 앉아
그리움을 한 문장 한 문장
써 내려갔을 젊은 엄마.

고비고비
어려웠던
삶의 무게.

그러나 미소 짓게 되는
사소한 일상 이야기들.

바로 이 종이를
손에 쥐고

반가움에 설렜을
젊은 아빠.

고된 시간들
사이사이 스며들어
힘이 되었을
서로의 응원과 체취.

사랑 한다오,

사랑해오,

건강하신지요.

얼마나 먼가물느지요.

보고 싶어요

몹시 그립구려.

딸에게 보내는 편지(2008~2016)

***

어떻게 지내는지?

돌아올 날이 얼마 남지 않았다고 생각하니 더욱 기다려지는구나. 차분히
준비하렴. 오늘은 엄마하고 네 방을 깨끗하게 치웠단다. 듣자 하니 이번에는
오래 머물지 못한다고 하더구나. 어차피 만나면 또 헤어지기 마련이니까…
그래서인지 짧은 기간을 어떻게 하면 즐겁고 의미 있게 지낼 수 있을지 궁리하고
있단다.

그럼 곧 보게 될 때까지 안녕히, 아빠가.

2008년 8월 26일

***

오늘은 사진관에 가서 아시시(Assisi) 사진과 네가 이메일로 어버이날 축하
그림 보낸 것을 현상했단다. 나는 아무래도 사진으로 보아야 더 실감이 나는
모양이다.

이번 달에는 행사가 많아서 좋긴 하지만 좀 휘둘리는 느낌이라 정신이 없다.
어떤 것이 바람직한 삶의 모습인지 궁금하다. 내 편지를 받으면 즐겁다니
다행이다. 곧 다시 쓰기로 한다.

남을 이기면 강건하지만 자신을 이기면 위대하다는 노자의 말이 생각난다.
자신과 싸우는 일이 유난히 힘들게 느껴지기 때문일 것이다.

그럼 안녕히, 아빠가.

2009년 5월 5일

엄정식, 「우애령」(1991년)

***

어버이날을 축하해 주어서 고맙다. 엄마 아빠의 핵심적인 특징을 부각시켜 주어서
놀랐다. 카네이션 그림도 선명하게 향기를 뿜어내는 것 같았다.
낮에는 오빠가 운전해서 산소까지 다녀왔단다.

이번 주에도 생일이다 결혼기념일이다 정신이 없다. 계속 축하해 주렴. 철학자인
아빠가 너무 행복해서 미안하다. 허리는 그저 견딜 만하단다. 병과 사귀면서
지내려고 한단다.
오늘은 이만 줄인다. 안녕히… 아빠가.

2009년 5월 8일

***

이번에 그린 그림 두 점은 모두들 좋아해서 여간 기쁘지 않단다.
물론 나 자신에게는 흡족하지 않지만…. 곰브리치(E. H. Gombrich)라는 평론가는
"진정한 예술가는 자기 자신과 대화한다. 관람객이 아니라…"라고 했거든.
틈을 내어 그림을 더 열심히 그려 보려고 한다. 격려해 주어서 진심으로 고맙다.
엄마의 출판 기념회와 나의 전시회는 덕분에 잘 마무리되었다. 다행히 내 그림이

팔리지 않았다는 희소식을 전한다. 혹시 팔리면 네가 못 보게 될까 봐
조마조마했단다.
무척 보고 싶다. 그럼 안녕히… 아빠가.

2009년 12월 10일 목요일

***

다시 서울로 돌아왔다. 시골서 너와 통화하니 특별한 느낌이었다. 마침내 책이
나왔다니 축하한다. 원래 축하는 영광에 대한 것이지만 그것은 고뇌와
한 동전의 양면이기 때문에 그동안의 그 고뇌를 동시에 축하한다.
지난 일들을 잘 마무리했듯이 앞으로의 일도 차분히 설계해 보자꾸나.
가볍고 즐거운 마음으로 귀국길에 오르거라.
몹시 기다리면서.

2010년 5월 10일

***

유진아, 보고 싶다.

2010년 7월 13일

***

훌륭한 내 딸아! 잘 받았다. 그 어떤 초상화나 사진보다도 나를 더 닮았구나!
너는 이제 존재의 본질을 꿰뚫는 철학자가 되었구나.
오늘 아침에 쓰레기를 버리다가 너의 닳아 빠진 운동화를 보고 가슴이
뭉클해졌다. 반 고흐의 〈농부의 구두〉가 생각나 착잡한 마음이 들어서였다.
나는 그것을 버릴 수가 없었다. 너의 삶이, 삶에 임하는 너의 자세가 거기에

고스란히 담겨 있다고 느꼈기 때문이다. 너도 알다시피 반 고흐는
"사물을 가장 잘 아는 방법은 그것을 사랑하는 것"이라고 말한 적이 있다.
나는 그 운동화를 통해서 네가 지금까지 어떻게 살아왔고 또 어떻게 살아갈
것인지, 너의 삶이 얼마나 치열한 것인지 짐작할 수 있었다. 그 운동화의
뒤꿈치가 뚫린 것을 보고, 아니 그렇기 때문에 나는 그것을 버릴 수가 없었다.
네가 가난해서 그렇게 될 때까지 그 운동화를 신은 것은 아니라고 생각한다.
너는 그동안 혼신의 힘을 다해서 무엇인가에 열중했던 거다!
괴테는 "열성만이 삶을 영원하게 한다"고 말했었다. 네가 그러한 삶을 살아내고
있음을 거기서 읽었다.
너도 그렇게 느꼈는지 모르지만 길 건너에서 작업하고 있는 너에게 이렇게
긴(시간적으로) 편지를 쓰고 있는 내가 좀 기이하게 여겨지기도 한다. 아마 이제
곧 먼 곳으로 떠나려는 너를 미리 전송하고, 좀처럼 자주 만나기 어렵게 될 너를
조급하게 서둘러서 그리워하고 있는지도 모른다. 우리가 그동안 너무 바빠서
같이 지낼 시간이 많지 않았던 것이 새삼스럽게 안타깝구나!
그 운동화를 잘 보관해 두마.
너를 존경하고 그리워하며… 아빠가.

2011년 1월 19일*

***

소식 듣고 반가웠다.
오늘 준서는 생일을 맞이하여 좋은 선물을 사 주었고, 점심도 갈비구이로 해서
푸짐하게 먹었다. 선물은 우선이와 짜고 무엇을 좋아하는지 미리 알아서 준비해
놓았지. 준서와 고모 얘기도 많이 했단다. 네가 어떻게 지내는지 궁금하다.

---

* 이 편지 내용은 『어디로 가세요 편자이씨?』(219쪽)에도 수록되었다.

시골에는 그동안 자주 못 가서 좀 황량해졌다. 역시 집은 사람이 자주
드나들어야 하는가 보다. 아직 늦추위가 심해서 자다가 몇 번이나 깨고
아침에는 얼굴이 붓기도 한다. 그러나 여기서 나는 이상한 불편함과 쓸쓸함,
그리고 자유로움을 한껏 즐기곤 한다.

어제는 일찍 일어나서 문을 열자 덧문 유리창에 성에가 뿌옇게 끼어서 거기에
손가락으로 "유진!" 하고 크게 썼다. 그 글자 사이로 정자와 얼어붙은 경치들이
보여서 겨울 정취가 물씬 풍겼다.

요즈음에는 왠지 네가 아주 멀리 떨어져 있다는 느낌이 든다. 결혼을 앞두어서
그런지도 모르겠다. 아직은 실감이 나지 않는다.

자주 연락하고 싶다. 모쪼록 안녕히… 아빠가.

2011년 2월 26일

***

생일을 축하한다. 이제 몇 살이 되었는지는 묻지 않겠다. 실례가 될 터이니까.
어떻게 지내는지 궁금하다. 아직도 내셔널 갤러리에서 가이드를 한다니,
힘들지는 않은지. 볼로냐 도서 전시는 어떻게 되었는지. 나는 학기가 시작되어
열심히 강의하고 가끔 특강도 하며 여전히 바쁘게 지낸단다.

당진에 조그만 테라스를 만들어서 변화를 주었다. 혹시 파콘이 오게 될지도
모르니까 은근히 잘 보이려는 욕심도 있단다. 네가 즐거운 모습으로 앉아 있는
정경을 그려 보고 엷은 미소를 짓기도 했단다. 벌써 밤이 깊어서 이만 줄이겠다.
영원한 행복을 빌며, 아빠가.

2011년 3월 21일

***

돌아올 날짜가 정해졌다니 보고 싶은 것도 구체화된 것 같다. 언제까지 보고

싫어 해야 되는지 알게 되었으니까.

오늘 산소에 갔다가 돌아와서 사진관에 들러 최근에 찍은 사진 몇 개를 보낸다.
산소에는 초봄의 햇볕이 너무도 강렬하게 쏟아져서, 그리고 거기에 비친
우리들의 모습이 너무도 눈부시게 빛나서(주관적인 관점이지만) 너에게 보여
주고 싶었다. 준서에게는 모든 사람의 생일이 자기의 것이지만 특히 너의 생일은
당연히 자기의 것인 것처럼 즐거워했단다.
우리는 아주 잘 지낸다. 즐겁고 의미 있는 나날이 되기를 바란다.

2011년 3월 22일

***

여기는 이제 온갖 꽃들이 일시에 피어나고 있다. 어떻게 그러한 일이 있을
수 있는지 칠십 평생을 살며 보아 왔지만 새삼스럽게 큰 감동으로 다가오는
느낌이다. 나는 왜 나이와 정비례해서 늙어 갈 수 없는지….
어떻게 지내는지 궁금하다. 늘 하는 얘기이긴 하지만 나는 항상 네 편이란다.
네가 무슨 생각을 하고 또 무슨 결정을 내리든지 간에 네 인생관이며 가치관,
세계관을 무조건 좋아한단다. 왜냐구? 그것이 모두 너의 것이니까.
어제부터 이쁘의 특강이 빙 영뫼기 시삭했다. 나는 더듬는 것 같아서 마음에 안
들었지만 엄마가 대체로 만족하는 것 같아서 흐뭇할 뿐이다. 거창하게 들릴지
모르지만 내 인생의 목적은 분명하다. 엄마나 너희들에게 부끄럽지 않은,
좀 욕심을 부리자면 자랑스러운 사람이 되는 것이다. 그것은 또한 어떤
의미로는 한 인간이 영생하는 구체적인 방법이 아닐까.
횡설수설해 보았다. 모쪼록 늘 즐겁고 의미 있게 지내기 바란다.
너의 파콘에게도 안부 전하고.

2011월 4월 4일

***

얼마 전(3월)에 갑자기 시골에 눈이 와서 찍은 것이다.
눈이 오는 날이 나에게는 크리스마스 날이니까.

2011년 4월 8일

***

유진과 그 식솔에게
잘 지내고 있다니 반갑고 고맙다. 관광철이 아니라 은근히 날씨 걱정도 했단다.
그런데 네가 마치 대지의 여신처럼 잘 통솔하고 있으니 안심이 된다. 너에게는
순수한 영혼과 따뜻한 마음씨와 숨겨진 능력이 있으니까. 그만큼 기대도
크니까 책임도 통감하기 바란다.

좀 아까 피아노 옆에 걸린 낡은 사진 한 장을 물끄러미 바라보며 묘한 감회에
젖었었단다. 거기에는 오빠가 준서 나이밖에 채 안 된 시절에 너와 어린 성우와
함께 뉴잉글랜드의 로버트 프로스트 농장 숲길을 달려오는 장면이 담겨 있지.
아! 참으로 많은 세월이 지났구나 하는 것을 실감할 수가 있었지. 그동안
어느새 오빠가 일가를 이루어 이역만리 이국땅에서 너희들을 초청하여 감격의
둥지를 틀어 주었다니! 살아 있으면서도 영생을 체험한다는 것이 바로 이런
것임을 실감할 수 있었다. 오빠에게 보답하기 위해서라도 한껏 그곳의 체류를
즐기도록 하여라. 그리고 즐겁고 의미 있는 이야기들을 많이 챙겨서 돌아오도록
하여라.
떠날 때 준서와 우선이의 상기된 모습이 눈앞에 아직도 생생하다.
너희들을 위해서 지금 우리가 할 수 있는 일은 달팽이 두 마리를 열심히 돌보는
일뿐이란다. 조금은 낯선 일이라 나름대로 최선을 다하고 있단다. 자다가도
깜짝 놀라 물을 뿌려 주기도 하고 상추며 홍당무 조각까지 온갖 정성을
다하여 마치 증손주들을 대하듯 애쓰고 있단다. 어떤 때는 우리가 몸집이

273

좀 큰 달팽이들이 아닌가 하는 착각을 할 때도 있었지. 그만큼 달팽이의 삶에 몰입했었던 거야. 바라보고 있으면 그들 사이에도 애정과 증오와 무관심 같은 것이 추적될 수 있었으니 말이지. 오늘 저녁에 철학 교수들과 회식할 기회가 있었는데, "당신들이 달팽이에 대해서 뭘 알아?!" 하고 기염을 토하여 좌중을 당혹하게 하기도 했었지. 얼마 되지도 않았는데 우선이와 준서가 몹시 그립구나. 못살게 굴 사람들이 너무 많아서 오히려 괴로워할 준서의 모습이 눈에 선하구나.

사진으로 본 성우와 의정의 모습에서 이제 베이스캠프를 차린 산악인의 각오와 의연함을 엿볼 수 있었다. 이번 기회에 신선한 공기를 마음껏 들이쉬고 내가 왜 그리고 어디쯤 서 있는지 실감하기 바란다. 장거리 여행 중에는 이정표가 그만큼 중요한 역할을 하기 마련이니까. 한편 너희들이 부럽기도 하구나. 그 시절에 우리에게는 그런 의미의 '형'과 '누나'가 존재하지 않았으니까 말이다. 아빠는 엄마를 그리고 엄마는 아빠를 하염없이 바라보고 있을 뿐이었지.

이제 밤이 너무 깊었다. 무엇보다 오빠가 고맙고 자랑스럽다. 남은 여정도 아주 즐겁고 의미 있게, 건강하게 보내기 바란다. 가끔은 이 노부모와 달팽이 생각도 하넌서….
보고 싶은 아빠가.

2012년 2월 12일

***

주례사가 참으로 멋있구나!
그런데 끝에서 둘째 줄 "politely"를 "cordially"로 하면 더 좋지 않을까.
아빠가.

2012년 7월 31일

***

드디어 돌아오는구나. 개선장군처럼… 모쪼록 크로아티아의 풍광을 마음껏
즐기고 의미 있는 여행을 성공리에 마치고 돌아오기를 간절히 빌겠다.
이제 인생의 새로운 단계가 시작되겠구나. 너희가 돌아오는 날 퍼레이드도 하고
불꽃놀이도 하고 싶은 심정이다. 공항에서 너의 금의환향을 두 손 들어 반기고
싶다.
파콘에게 안부 전해 다오. 즐거운 여행 되기를 빌며, 아빠가.

2012년 10월 5일

***

자주 목소리를 들었어도 메일과 사진을 받으니 전혀 새로운 느낌이 든다.
태국 방센의 바닷가는 숨 막히게 아름답다. 그 장엄한 장면을 보니 대자연
앞에서 인간이 얼마나 초라한 존재인지를 새삼스럽게 실감할 수 있다. 자연이
그 신비스러운 모습을 살짝 너에게 드러내었으니 너는 역시 특별하고 운이 좋은
사람인 모양이다. 웬일인지 네가 떠난 지도 꽤 오래된 것 같은 기분이 든다. 많이
그리워하고 있기 때문일 것이다.
그곳 식구들과 즐겁게 지내는 것 같아 고맙다. 너의 행복한 모습이 눈에
선하구나. 많은 시간 동안 그곳에 머물지 못하니 질적으로 소중한 시간이
되도록 노력하거라.
파콘도 보고 싶다. 부모님에게도 각별한 안부를 전해 다오.

2013년 7월 9일

***

소식을 들으니 무척 반갑구나. 추억 여행도 겸하니 감회가 새롭겠구나.
모처럼 시댁 식구들과 지내니 얼마나 생소할지 짐작이 간다. 삶은 원래 항상

새로운 모험의 연속이란다. 그 새로운 경험도 실컷 즐기기 바란다. 너의 신나는
모험담을 듣고 싶다.

우리는 잘 지낸다. 이모를 만나러 다녀오는 길에 올림픽 대로에서 아름다운
구름 풍경이 펼쳐지길래 찍어 보았다. 서울 하늘은 요즈음 유난히 맑고
청명하다.
모두에게 안부 전해 주고 모쪼록 즐겁고 의미 있는 여행이 되기를 빈다.

2013년 10월 1일

✳✳✳

이탈리아에서 성과가 있었다니 축하한다. 무엇보다 큰 성과는 오랜만에 네가
바람을 쐰 것 아닐까? 돌아오면 자세히 이야기를 듣자꾸나.

파콘도 잘 있다. 붕어빵, 땅콩, 오징어 놓고 맥주도 한잔했었지. 네가 보낸
문자도 함께 읽었지. 즐겁고 의미 있는 시간이 되기를 빈다. 시도 한 편 보낸다.

2014년 3월 26일

✳✳✳

엄유진! 너를 생각하는 것만으로 행복하다.
미루를 보니 너의 취향을 알겠다. 모쪼록 미루를 우리의 소중한 식구로
받아들이자. 그것이 운명인지도 모른다.
개구리 소리가 요란하다. 그러나 아빠의 명상을 방해하지는 못한다. 소음
속에서 정적을 느낀다.
고맙다. 모든 것에 대해서….

2014년 5월 24일

***

유진과 파콘에게

벌써 열흘이나 되었다. 우리는 너희들 덕분에 잘 지내고 있다. 이곳에서는
성우가 동분서주하지만 그곳에서는 너희들이 모든 것을 배려해 주니 아주
편안하게 지내고 있단다.

미루도 건강하고 착하고 아름답게 무럭무럭 잘 자라고 있는 것 같구나.
가까이서 그 순박한 눈망울을 들여다보고 싶고 어리광 떠는 모습도 보고 싶고
그 보드라운 털도 만져 보고 싶다.

파콘도 너무너무 보고 싶다. 이곳에 같이 여행할 수 있었으면 하는 생각이
간절했다. 집을 제대로 치우는 사람이 없어서 그 꼴이니 너무 반짝반짝 광을
내지는 말아 다오. 너희들도 넓은 곳에서 뒹굴며 모처럼 한가한 시간을 갖기
바란다.

2014년 7월 19일

***

유진과 파콘,

자주 연락하니 고맙고 즐겁다. 우리는 아주 잘 지낸다. 한 1년 정도 머물
준비가 된 것 같다. 필요한 식품은 물론 내가 좋아하는 초와 장식품도
장만하여 의정이는 '목동 집' 분위기라며 웃는단다. 의정의 남산만 한 배를 보면
대견하기도 하지만 많이 안쓰럽다. 의정 엄마는 내가 모네를 연상하며 찍어 준
사진을 무척 좋아하신단다. 엄마는 특유의 '고향 맛'으로 음식 솜씨를 발휘하여
특히 성우를 감격케 하였단다. 오늘은 학교 캠퍼스를 구경하고 도서관에 들러
엄마가 좋아하는 책도 빌려 왔단다.

별로 작업을 못 하여 아쉽지만 엄마와 나는 성우로부터 효도를 '당'하면서
평안하고 쾌적한 시간을 보내고 있다. 모두 너희들 덕분이다. 오늘은 모처럼

미루의 명랑한 모습을 보게 되어 한결 마음이 가볍다. 네가 보낸 미루의
'삼부작(trilogy)' 사진, 그 걸작을 바탕화면에 깔아 미루의 모습뿐만 아니라
너의 천재성을 자주 감상하기로 하였다. 파콘의 노고도 잊지 않고 있다. 각별히
안부 전해 다오.

2014년 7월 21일

***

어떻게 지내는지?
이제는 돌아갈 날이 가까워지고 있다. 중요한 임무도 다 한 것 같고. 어제
자정이 가까울 무렵 드디어 지후가 태어났다. 다시 한번 생명의 신비를
체험했다. 의정과 성우는 엄마와 아빠로서 변신하는 모습을 보이기도
하였다. 한 남녀로서, 부부로서, 그리고 부모로서 진화하는 모습이 대견하고
자랑스러웠다. 사돈과 엄마의 역할도 대단했다. 내일 퇴원할 예정이고 보름가량
뒷바라지를 한 다음 돌아갈 예정이다.

미루는 잘 지내는 줄 알지만 파콘의 근황이 궁금하다. 그의 사진도 좀 보내
주렴.
너의 사진도… 아주 오랜 세월이 지난 느낌이다. 보고 싶다.

2014년 7월 28일

***

그립고 또 그리운 유진에게
그동안 카톡으로 연락을 했지만 더욱 감질만 나더구나. 몇 시간 있으면 떠난다.
가슴이 설렌다. 그동안 즐겁고 의미 있는 일이 많이 있었다. 맥주 한잔하며 실컷
밤새워 이야기하고 싶다. 미국은 나에게 이제 꿈과 야망의 나라가 아니라 회상과

추억의 땅이 되었다. 나이 듦의 아름다움이라고나 할까.

그동안 집과 미루, 그리고 파콘 돌보느라고 너무 애썼다. 결국 좋은 추억이

되겠지. 파콘에게도 몇 자 쓰고 싶다.

보고 싶은 파콘에게

이제 우리는 돌아가네. 그동안 잘 있었는지? 집과 유진과 미루를 돌보느라고

너무 고생하지 않았는지? 날씨는 너무 덥지 않았는지? 청소하느라고 너무

힘들지 않았는지?

너무 부담스러워요! 장모님과 장인어른은 아주 즐겁게 지냈네. 맥주 한잔하며

많이많이 이야기하고 싶네.

안녕히… 그리운 장인어른.

2014년 8월 15일

***

유진에게,

잘 지내고 있다니 고맙다. 무엇보다 쿤퍼께서 그만하시다니 다행이다. 우리도

열심히 늙고 있다. 엄마도 1월에 수술 날짜를 잡았고 오빠하고는 이번 일요일에

점심을 같이 하기로 하였다. 여기는 날씨가 추워서 조심히 지내고 있단다.

그래도 미루와 산책을 거르지는 않고 있다.

우리는 잘 지낸다. 오늘은 오페라 〈토스카〉를 관람하고 왔단다. 명작은 다시

볼수록 새로워지는 것이 특징인 것 같다.

네가 묵고 있는 집이 궁금하다. 바나나와 망고가 자라는 정원이 어떻게

생겼는지? 사진을 많이 찍어 오너라. 우리도 파콘이 많이 보고 싶다.

모쪼록 즐겁고 의미 있게 지내고 오기를 바란다.

2014년 12월 4일

***

잘 지내고 있다니 무엇보다 반갑고 고맙다. 아무래도 문화적 차이 때문에
어려운 점이 있을 터인데 잘 적응을 하니 너는 분명히 '능력자'임에 틀림없다.
사진을 보면 쿤퍼 님이 많이 회복된 상태임이 틀림없는 것 같다. 너의
시기적절한 방문은 그분의 정신 건강을 위해서도 매우 중요한 것이라고
생각된다. 사람은 빵만으로 사는 것이 아니라 '의미'를 먹고 살기 때문이란다.

이제 얼마 남지 않은 시간을 요긴하게 쓰고 돌아오기 바란다.
깊은 인상을 심어 드리고….

2014년 12월 6일

***

유진에게

인간은 뒤집은 사람과 못 뒤집은 사람으로 나뉘는데, 짠이가 뒤집은 사람 축에
들어간 것을 축하한다! 아빠 서재에 있는 그림을 보낸다. 안녕….

2016년 1월 5일

책 속의 작은 책

Three Ducks & a Philosopher

오리와 철학자

글·그림 **엄유진**
영문 번역 **엄성우**

사랑하는 아버지께 To my dearest dad

내 취미는,
잿빛 대기 속에 숨겨진 보물들을 찾아내는 것이라네.

My hobby is to find something
that shines in the world full of gray.

오늘은 집에 오는 길에 이 녀석들을 발견했어.
내가 아니었다면 이 녀석들은 오늘 밤
차가운 콘크리트 위에서 생의 마지막 별을 보았겠지.

On my way back home,
interesting creatures came into my sight.
Without me, they would have seen the last stars
in their lives on the concrete ground tonight.

우리는 곧 친구가 되었네.
오리들은 첫눈에 나를 꽤 마음에 들어 하는 눈치였어.

Before long, we became good friends.
They seemed much pleased to meet me.

그래서 나도 "자네들을 만나게 되어 기쁘네"라고 말해 주었지.

"I, too, am very glad to meet you!", I said.

친구가 된 기념으로 가장 먼저 한 일은
내 서재 안에 그들의 공간을 마련해 주는 것이었다네.

The first thing I did was to make some room
for them in my study.

나에게 이런 재능이 있었는 줄 누가 짐작이나 했겠나.

Who would have even imagined I had such a talent?

시간이 지날수록 우리는 더 정이 들었어.
그즈음 난 피카소가 왜 그토록 많은 사람들을 그렸고
만 레이가 왜 수없이 사진을 찍었는지 이해할 수 있게 되었네.

As time goes by, we love each other more and more.
Now I truly understand why Picasso painted so many ladies
and Man Ray took too many pictures.

오래 지나지 않아서 이 세상에는
두 부류의 집이 존재한다는 것을 깨달았네.
'조용하고 평화로운 집'과 '오리가 사는 집'.

…그리고 나는 기꺼이 후자에서 살기를 택했어.

Soon I realized that there are two kinds of houses in the world:
One with peace and tranquility and one with ducks.
....And I was happy to live in the latter.

내가 오리 박사는 아니지만, Although I'm not a duck specialist,

최근 진행하는 연구의 결과들이 결국 저 녀석들과 관련지어지더군.

all my recent studies have turned out to be duck-related.

연구에 너무 몰두했는지 종종 이상한 일들이 벌어지기도 했고 말이야.

I was so into the research that
strange things would occasionally happen to me.

호기심을 이기지 못한 이웃 사람들은
상냥한 목소리로 오리들의 안부를 묻기 시작했다네.

Unable to resist their curiosity, the neighbor began to ask me
about how my ducks are doing in friendly voices.

계십니까

더러 우리를 직접 보기 위해
손님들이 찾아오는 일들도 있었어.
오늘도 바로 그런 날이었지.
그런데 그 손님은…

Some people even came over
to my place to see us in person.
Today we had another visitor.
But…

오리를 거들떠보지도 않았을뿐더러 말도 안 되는 사실을 통보했다네!
내가 오리와 한 공간 안에 살 수 없다는 것이었지. 사람들은 도대체가 남의
행복을 두고 보는 법이 없네. 나는 오리가 이곳에 살 수 없다고 명문화된
조항을 보여 달라고 요구했어. 그러자 그가 한숨을 내쉬며 대답하더군.

...he did not even bother to take a look at the ducks.
What is worse, he informed us of something that makes no sense;
that I can no longer live with the ducks in my place.
People never like to see others happy. I asked him
to show me the document stipulating that one is not allowed
to live with ducks in the apartment. Then he replied with sigh.

하지만 아파트에서 사자,
코끼리, 악어, 기린 등을 키우지
말라고 일일이 문서화할 수는
없지 않습니까.

"But we can't list in the document all
the disallowed animals such as lions,
elephants, crocodiles, giraffes,
and so on, right?"

오리더러 정숙하라는 것은 물고기에게 헤엄치지 말라는 것과 다를 바 없었거든.
For to ask ducks to stay quiet was like asking fish not to swim.

…그리고 나는 결심할 수밖에 없었어.   …and I had to decide.

내 심정이 어땠는가는 설명할 필요도 없을 것이네.
낯모르는 시골 지인에게 보냈지만 뿔뿔이 흩어지고 말았다더군.
더 이상 오리들의 안부를 물을 수가 없었어.
그저 잘 있다고 믿고 싶어서 말이야.

You can imagine how I would have felt. I've sent them
to an acquaintance's house in the countryside, but I only heard
that they've all run away. Now I'm not after their whereabouts.
I just want to believe that they are doing well.

그날 이후로 이상하게 비가 멈추지 않았어.

From then on, it never stopped raining,
for some reason.

똑같은 하루하루가 반복되었지.

It was the same everyday.

그러던 어느 날,

And then One day,

자네는 그렇게 아름다운 광경을 본 적이 있나?
나는 오리가 날 수 있다는 사실을 한동안 잊고 있었네.

Have you seen such a beautiful scene?
I have long forgotten something important.

오리도 날 수 있었던 거야!
Ducks can fly!

아름다운 것은 결코 사라지지 않는다네.
거리를 다닐 때 주위를 잘 살피게.
그리고 빛이 나는 것이 있다면
그냥 지나치지 말기를.

Beautiful things never disappear.
When walking down the street,
don't forget to look around carefully.
And don't miss it if you find something that shines.

엄씨네 가족을 처음 만난 날, 엉뚱하지만 재치 있는 농담 분위기에 어색하게 웃고 있던 나.
지금은 같이 농담을 하고 삶을 공유하며 어느덧 그 속에 녹아들었다.
유쾌한 바이러스는 전염이 되나? 즐거우신 아버님, 나의 인생 롤모델인 어머님,
첫 만남부터 지금까지 마음에 쏙 들었던 형제들에게 사랑을 보냅니다. -준서맘 우선♥

벗어나려 해도 멀어질 수 없고, 다가가려 해도 더 이상 가까워질 수 없다.
나는 이미 이 따뜻하고 마법 같은 이야기 안에 살고 있기 때문이다.
얼마나 더 그리워질지 가늠할 수 없을 뿐… -멀지만 가까이 사는 큰아들 진우

할머니의 시선으로 보신
할아버지의 유쾌하고 철학적인
이야기들을 기다립니다.
저도 오리를 좋아해요.
-철학자의 손자 준서 올림

사랑하는 할아버지 할머니, 반가워요!
우리 함께 건강하고 좋은 하루 보내요.
책을 내셨으니 저도 책을 낼 거예요.
세복 힌트 드릴까요? 비~밀!
마지막엔 그림이 들어갈 거예요.
기대하세요! -짠이 ♡♥

친아버지 같은 장인어른과 벌써 십 년 넘게 함께했네요.
장모님이 쓰신 책 내용을 알게 되니 장인어른께서
얼마나 훌륭하신 철학자이신지 더욱 잘 이해하였습니다.
장인어른! 제 롤모델이십니다! (책을 읽은 후 제가
이런 사람이 되었습니다.) -하나뿐인 사위 파콘

가끔은 엉뚱한 철학자인 아버지는 행복해 보이셨고 그걸 바라보는 어머니의 힘겹지만 따뜻한 시선이 좋았다. 자라면서 보고 들어오던 그 삶의 장면들을 생생하게 엮어 낸 이 책은 나에게 추억의 앨범과도 같다. 지금도 나는 내 기억 속 행복한 철학자에 가까워지기 위해 살아가고 있다. 이런 선물을 해 준 아버지의 삶에, 어머니의 글에, 그리고 누나의 그림에 감사와 축하의 마음을 보내요!!

-막내아들 성우

♪ ♬ 파닥파닥, 오리야 ♬ 통통통통
뛰어라, 고모의 멋진 책이 나온다♪♪ ♬
고모, 책 잘 만들고 팔아요 ♡♥
사랑해요 ♡♥♡ -토끼 지아

우 씨녀의 터프함과 엄 씨녀의 스윗함을
다 갖춘 유진이. 피, 땀, 눈물을 향수로
바꾸는 신묘한 재주를 가졌구나.
"멋지다, 유진아~" -우혜령 이모 ♡

할아버지 할머니의
이야기가 멋질 거 같아요.
기대할게요! -행복한 지후

가슴속 따스한 울림이
여러 사람들에게 깊이
전해지기를 바랍니다!
-딥한 며느리, 쿨한 동생 의정

엄정식, 「은곡정」(2009년)

행복한 철학자
(개정증보판)

개정증보판 1쇄 펴낸날 2023년 11월 15일
개정증보판 5쇄 펴낸날 2024년 6월 15일

글 우애령
그림 엄유진

펴낸이 조현주
펴낸곳 도서출판 하늘재

편집 구상나무
북디자인 이순민

등록 1999년 2월 5일 제20-140호
주소 서울시 양천구 목동동로 293 2215-1호
전화 02-324-2864
팩스 02-325-2864
이메일 haneuljae@hanmail.net

ISBN 978-89-90229-47-2 03810

값 19,000원

© 2023, 우애령, 엄유진